體膚小事

黃信恩

出版緣起

不論在地或離鄉，土地永遠是創作者的活水源頭。閱讀葉石濤的小說，在真實與虛構間，港都鳳邑風情萬種。在鍾理和筆下，卑微的農民散發動人的生命之光，「笠山農場」成了永久的文學地標。因為文學，地理台灣有了令人流連忘返的人文風景。

資訊時代來臨，作家奮筆疾書的紙上作業成了新世紀傳奇。打開電腦，部落格、臉書當道，心情書寫，生活記趣，短短的感嘆加上美麗的圖片，一呼百諾，手指一按，讚聲不絕，好一片熱鬧的文字世界，其中不乏吉光片羽。然而，我們需要的是更深沉，更厚實，更能挑動心底那根弦的文字。人人都能寫作的年代，文學面貌的釐清，刻不容緩。

走過新世紀十年，台灣文學更顯豐富多元，家族，城市，旅行，飲食等書寫，不一而足，手法創新。作家們在繁瑣的生活細節裡質問人生真義，他們的內心掙扎與生命轉折緊扣成長的原鄉，不論時空如何轉換，美好的文字永遠是土地最美麗的印記。

為完整呈現台灣文學不同面向，「文學．金南方」系列，精選大高雄地區優秀文創者的作品，以文字凸顯台灣南方最在地、生命力最旺盛的文學能量。「金」以台語發音是「真」，正是文學最動人的質素，而「金」的明亮溫暖也與台灣南部濃厚人情相契。

從鄉村到都會，海洋的呼喚、城市的心跳，南部人特有的人情世故，將一一在作家們筆下展演。深盼本系列著作在高雄文化局協助下，讓文學從南方再出發，猶如福克納筆下的美國南方已不只是地理標誌，喬伊斯離開愛爾蘭後終身未回，他書中的都柏林卻成了永恆的文學地標。「文學．金南方」以文字認識大高雄在傳統與現代間如何折衡，並以多種風情向世界發聲。

——編者

名家推薦

（依姓氏筆畫序）

新生代作家黃信恩，不只散文作品獲得許多文學獎的肯定，也是高雄在地土生土長的醫師，而他透過《體膚小事》藉由人體不同的器官，寫出你我共同有過的經驗、自己的故事，更寫出自身對人性的關懷與體悟，篇篇引起共鳴。

——史　哲（高雄市政府文化局局長）

這本書乍看從身體部位、器官分門別類，整齊得像是一本保健圖書，實則篇篇都是引人入勝的精緻散文。

信恩有時從病灶入手，深掘而入靈魂之奧祕；有時以生理為題，寫的卻是心理幽微；在現實與過往之間從容遊走，在知識與感性之間靈活出入，令我拿起之後便捨不得放下，這實在是一支難得的健筆啊！在七年級世代的散文作家中，黃信恩是一顆亮眼的明星！

——宇文正（作家、聯合報副刊主任）

黃信恩寫《體膚小事》，林林總總四卷三十二誌，把你我都有的從頭到腳、從內到外的身體幾乎都寫遍了——當然男人、女人有共有、有各有之分。然即便人皆有之，看黃醫師所寫仍是饒富興味，還有增長知識、了解自我構造之趣。但這終究不只是醫師的書寫！身為作家，黃信恩藉著描述有形體膚，也省思生命、剖析人性、探尋心靈。這一本書讓人看到的絕非「小事」。

——**羊憶玫**（中華日報副刊主編）

以部位器官為經，記憶為緯，信恩像個溯人體地景探索的游牧者，詩意地、悲懷地、博雜地，寫下它們在他及更多他者生命中的故事和隱喻。

距《游牧醫師》四年餘，一路寫來，信恩保留了過去的工整和細膩，還多了點從容、幽默。也是那三載，與信恩在同一部門共事的珍貴時光，我得以近身觀察，才發現他實是個易於羞怯、卻本質熱情的男孩，《體》書的表現，更接近他內裡的聲腔。與前作相比，除了醫事書寫，這回，他花了更多篇幅描出生活細節：對髮式的癖好、與姊姊迥異的成長經驗、在異國被騙的遭遇……，閱讀當下，我張著好奇之眼，由朋友身分轉換為循文字來理解信恩的讀者，隨他細細回顧、爬梳——那是一點醫學歷練、一點人生體悟、一點過眼日常——啊，比我所知道的信恩，還多了一點。

——**吳妮民**（醫師作家）

信恩的散文，藥是其一。詼諧記寫感官與病理。閱讀時，常出現把東西「反過來看」的顛覆氣味。信恩的「顛覆」不是「推翻」，而重角度跟意境的新，器官無知、感官無識，透過信恩，它們一一開口說話了。而且親密溫柔，彷彿早已存在，只是缺乏轉譯。

情是其二。無論醫院所見、成長所聞，都有纖細的工夫在當中。對待物、看待人，以及品嚐回憶，都點滴在心頭。

碰到信恩這樣的醫師，是讓人安心的；讀信恩的作品，則讓人回味。這味道，融合了茶跟酒，以及春天的風。

——**吳鈞堯**（作家、幼獅文藝主編）

身為醫師，黃信恩書寫身體髮膚看似再合理不過了，然而，這冊讀來酣暢的散文，除了適時裁剪、重現醫院生活所遭遇的種種，更多時候，他坦露自身，旁及社會觀察，成長啟蒙，且試圖摹繪人我之間那條透明的線。往來理性與感性之間，幾無冗雜繁複修辭，文字簡潔，貼切，總是有著剛剛好的節制，卻仍透出溫度。藉由每一則或顯或隱的部位，我們以為他試圖閱讀身體——事實上，他更耽讀自己所置身的一整個世界。

——**孫梓評**（自由時報副刊編輯）

作者的每一篇作品都以生動的情節和小故事，呈現明確的主題，相當具有吸引力，跨越解剖學和器官奴僕的視野，產生感人的生活與身體書寫。敏銳的審察力與解碼能力，使他成為觀察者而不是介入者，隱約的滲透著關懷和溫暖的氛圍，這就是他一向對世界講話的態度。

——**曾貴海**（醫師作家）

此書透過身體髮膚的諸多幽微描繪、機智聯想，建構了私密獨特的敘事視野。從容遊歷於那些榮幸受之於父母，卻也是宿命性無從選擇（所以往往被慣壞忽略）的種種器官組織之間，黃信恩有時是醫者，有時化身病人，同時又彷彿導遊、哲學家與說故事的人……藉著解剖圖譜般的章節分割，且看他如何悄悄裸裎了自己；看似遮掩其實沒有防備，冒著被眼尖讀者一覽無遺看光光的風險，讀起來因此特別有感覺，充滿無限貼近之魅。

——**鯨向海**（詩　人）

目次

卷一 頭頸部

卷二　胸腹部

卷三　軀幹與四肢

卷四　骨盆、會陰與其他

身體的大書

——王盛弘

曾經，我在違和難忍如鼻胃管入侵進行中或胃鏡如蟒得寸進尺之際，為了抑制痛楚而試著讓自己一分為二，其中有個我站在稍高處俯瞰，旁觀他人之痛苦——因為如此的抽離，而使得這一切變得不那麼不可忍耐。

人體，是這樣的靈魂暫時棲止的居所，如露亦如電一副臭皮囊？還是元素細胞組織器官系統井然有序的聚落？所有寫作者都不能閃躲這個母題，但兼具醫師身分的作家肯定對此投以與非醫師作家大異其趣的眼光。

台灣文壇，醫師作家成群結隊又丰姿各異，新世紀至今不過十餘年，加入散文創作這一領域的新成員即至少有吳妮民、林育靖、吳佳璇、殷小夢、阿布，當然，少了黃信恩，這支隊伍將失色不少。

其中，浪人醫師吳佳璇不以文學性取勝，她帶讀者上腫瘤醫療前線，生活化地再現偕同母親抗癌歷程，為臨終照護留下第一手紀錄。而吳妮民情思綿密、行文雍容，她時而將自己當成觀察對象，是醫者也是病者，出入於客觀與主觀視角，一來一往之間逐步深鑿主題。林育靖下筆謙遜不張揚，直白不尚華采，風格平實不矯造情境；她不動聲色旁觀醫界現實，給予制度和人性輕輕的一刺。殷小夢與阿布則皆以替代役男身分遠赴非洲史瓦濟蘭行醫，面對疾患鋪天蓋地而來，前者落筆熱切，感同身受，體悟到比病體更難治癒的，是文化、教育與生活模式等疾病的根源；後者鋪陳冷靜，目光犀利地把一切看在眼中，擅長敘說細節又能適時住口，情緒節制反倒餘韻臬臬。

在醫師作家筆下，那些統稱為身體的各個部位、統稱為病痛的各種症狀、統稱為藥物的各類丸劑……全都有了自己的名分與任務，這是專業上的優勢。自象牙塔踏入白色巨塔的實習階段，初與疾病、死亡肉搏戰最能催發謬思；去到醫療資源匱缺的遠方，面對文化衝擊，正足以引動文心。種種經歷遂如封印於水泥地的足跡那樣永誌難以抹滅。黃信恩也不例外，他的散文處女作《游牧醫師》便記錄了自醫學生、clerk、intern，以及服役擔任醫官等養成階段的事件與思索。

越四年，黃信恩交出第二本散文集《體膚小事》，自頂天的頭髮至立地的足趾一一唱名，3D列印一般，賦予人體立體形象；而身為醫師，跟疾病交手是生活常態，發抒為文，就更大比重地著眼於失去健康的體膚。

健康與否，是較眼睛大小、鼻子高低、膚色深淺、左右臉對不對稱等細節來得更絕對的美醜判斷，尼采說：「一切暗示筋疲力竭、沉重、癡騃、倦怠，任何缺乏自由的表現，如抽搐或癱瘓，尤其屍體腐化的氣味、顏色、形態……凡此都激起同樣一個反應，就是『醜』這個價值判斷。人討厭什麼？毫無疑問：他討厭他自己這個典型走向黃昏。」醫師作家所能救贖於「只是近黃昏」的，除了臨床的精湛醫術，表現於文本上，一是飽滿的人文情懷，這在幾乎所有醫師作家的作品裡皆流露無遺，二是傑出的文學技巧，亞里斯多德說「模仿可憎的事物，如果功夫精到，就能創造美」，普魯塔克也說「在藝術的呈現上，模仿出來的醜還是醜，但由於藝術家功夫精到而有一種與美呼應的境界」。在這方面，黃信恩手藝不俗，《體膚小事》保有他一貫的醫學與人文交糅、疾病與人生處境互為表裡，形而下著筆、形而上收手，虛實相濟，每每臻於藝術高度，故能化現實之醜為文學之美。

身為寫作同儕，我還驚歎黃信恩於這本書所展示的寫作紀律——三十二篇文章勾勒出三十二個組織或器官，全書結構勻整、完備；每篇文章又採取了相彷彿的聲腔、調性，打造一以貫之的風貌。固然主題書寫已行之有年，但能夠全書渾然宛如一體，天知道這有多麼不容易。

因此不妨將《體膚小事》視為一部長篇散文，身體的大書，黃信恩展現了內斂、節制、謙沖卻自信的文字藝術，向百科全書式的知性借一點靈光，整體上煥發了他當行本色的，穩當的文學質地。

有一種俏皮的說法是，散文正如女孩的裙子，越短越好。我不作如是觀，評價散文優劣的，絕非篇幅長短。概括與化約宛如為考生抓摘要、畫重點，往往有犧牲曖昧與複雜的後果。而魔鬼藏在細節裡，唯有不畏繁瑣，才有機會釐清灰階，在此與彼的大同中辨析小異，讓真實隨細節自然流露，曲盡幽微，一個字一個字鑿進事物的核心。因此《體膚小事》既和諧地呈現了人體的整體形貌，又能讓各個部位發表獨立宣言，宣示自主權——我們因此知道了頭髮也會怕生，有些鼻腔置放了鬧鐘，身上最具可燃性的部位是脣，體內最獨裁的器官是耳朵，世界上最精緻的房間是耳室，而髫鬚有思慮具想法，齒縫間盡是一則則衛生隱喻……

當然，我們也知道了黃信恩愛乾淨，不睡別人睡過的枕頭、不用別人用過的梳子；所有物件都適合打包，有還徙的性格；有人說長得像偶像劇明星尹繼尚、周渝民，他們是誰並不重要，反正都是帥哥美男子；曾被一枚脣印告白；有點害羞也略有點兒，自戀，在電梯裡會對著鏡子說黃信恩手臂再鍛鍊一下你一定會是下個仔仔……當然，包皮割過或是沒有，雖然有人問過，但他並不打算告訴你。

現代西方醫學將人體依組織依器官依系統分門別類，猶如列強割據，不幸的是有醫師告訴我們，百分之九十的人生病都掛錯科。找錯專科，大概就像查字典查錯了部首？若非危言聳聽，或許是因為，只有在哪個器官背叛了我們，我們才注意到它的存在，好似一座雜木林，平日只見一片綠意蔥蘢，唯有誰當花季才輪到誰被注意。

器官背叛時，我帶它到醫師面前，不論多隱私，我都說服自己那不過是塊生病的肉，坦然任醫師翻檢，一如編輯台上我日日在做的文字校對，撥錯反正。

寫診斷書，我們期待醫師展現果斷、精湛、令人依賴的專業；寫文章，文學性卻在人性的懦弱、猶疑、力有未逮等暗影籠罩之際花開爛漫。《體膚小事》並非醫學專書，黃信恩涉足廣博的醫學知識但知所止步；而每當他不吝展現自己的阿基里斯腱時，立即使文本映照在一片溫柔的微光之中——

黃信恩說他初任住院醫師，有些抱負、有些脆弱，病患未回診他便自我懷疑：不夠強、不夠老成嗎？他感謝楊桃阿嬤長期以來長途跋涉準時出現，所曾給予一名年輕醫師的信任和勇氣。黃信恩說面對病患因為兒子車禍身亡而在診間號啕，甚至打算放棄治療，他一時不知所措，吞吞吐吐連安慰的話都說不出口，但也體認到了，「有些事是可以超越健康，優先於疾病的」。黃信恩說他在急診室因為美籍病人的蠻橫傲慢，煽動了小小的陳年反美情緒，端賴自我提醒「壓抑，再壓抑」，才順利完成任務……就是類似坦承人性不完美的點點滴滴，使醫師還原為一個人。

是一個人，才能將凝視於專科的視野放大，看見診療椅上坐著的，不只是一塊生病的肉，而是另一個人；既能處理單一部位的病變，同時將此一部位放進「人」的脈絡裡，正視人的本質。

＊本文作者王盛弘先生，為聯合報副刊主編，著有《十三座城市》、《關鍵字：台北》等。

低調的白袍，澎湃的體膚——楊宜青

信恩與我共事多年，穿上白袍的信恩，忙碌的身影穿梭在醫院的診間，就和眾多大醫院裡的小醫生一般，感覺上信恩可能還更木訥靦腆低調一些。直到這幾年陸續閱讀他所發表或參賽得到文學大獎的作品，從字裡行間我才發覺信恩的眼睛觀察銳利，心胸環抱關懷。當拿聽診器的手握住了筆，結合了醫學與文學，形成另一個世界，在這個世界裡的信恩，熱情澎湃幽默健談，樂於與人分享他所看到的人生百態，喜樂與悲哀，無奈與救贖。彷彿白袍是一種掩飾，握筆的信恩更真實。

《體膚小事》相較於信恩之前的作品，同樣擁有溫暖的筆觸及醇熟的文字掌控能力，但似乎放進了更多層面的自己，也許因為書本由身體出發，除了透過感官對他自我的生命經驗做一次省思，藉由醫師的身分，也處理並體驗了病人由身體所引發的故事，這些融合成這一部新的作品，相信這也是信恩的優勢，因為有醫學訓練的背景與環境，讓他能游刃有餘的游走於醫學與文學的領域，在巧筆妙字織就的文章中有醫學骨架作為支撐；當然他獨特敏銳的觀察力與安排訴說故事的巧思，及多年來在忙碌爆肝的醫院生涯中仍舊堅持筆耕不輟，也造就了他獨特的風格。一個個故事像漫不經心的隨口道來，卻個個紮實而有血有肉。

讀到誌〈臉〉的部分我不禁會心一笑，信恩的確是臉紅大師，隨時皆可臉轉潮紅一路紅到耳朵，有時身旁的人根本還搞不清窘點何在。這本書也讓我聯想到家庭醫學科在成功大學所開的一門通識課程「身體的結構與功能」，開課至今十多年，幾位老師用盡渾身解數運用各種影音問答互動，從當初的小教室到目前年年選課爆滿，必須使用容納二百人的大講堂，學生反應熱烈。這門課透過淺顯易懂的方式來讓同學了解基礎醫學，瞭解自我的身體。人對自己都是好奇的，但是信恩用另一種方式來呈現，從頭頸，胸腹，軀幹四肢，如古書目錄，分卷別誌，三十二個小品細細道來，透過普生大眾皆有的器官，在故事中分享你我生命中的大小事，從外到裡從裡到外，每個器官帶出信手拈來的精彩故事片段，看似分散卻建構成全體，這樣的分類別饒趣味也聰明巧妙，透過人皆有之的髮膚腸胃容易引發興趣與共鳴，這還是我們這些授課老師未曾想到的。

這是一部可以讓人在閱讀中得到樂趣，得到知識，讀完後卻能勾起潛藏在自己裡面的體膚小事，可以思索，可以對話，留有餘韻的好書。

＊本文作者楊宜青先生，為國立成功大學附設醫院家庭醫學部主任、醫學系教授。

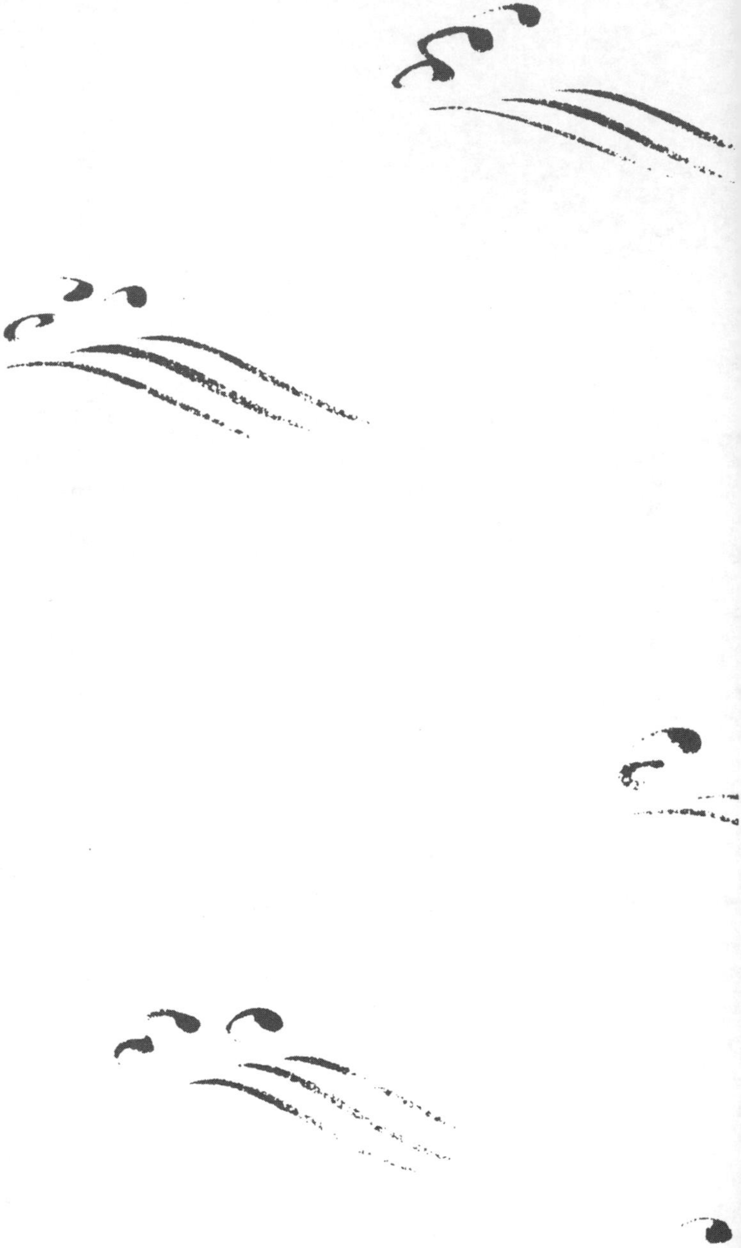

卷一

頭頸部

黑神經——誌髮

一、

我身上最敏感的部位是髮。

當我意識到這狀態時，人在太魯閣九曲洞。那是二〇一〇年夏至，我與朋友合資，在花蓮車站租了一輛車，開往太魯閣。

車在九曲洞停了下來。不久前，這裡剛發生落石砸人事件，封鎖線、警示牌交錯割據，將九曲洞一分為二，禁區與風景區，告訴遊客：危險正環伺著美麗。

為了觀賞峭壁峽谷，太管處強制遊客戴上安全帽。那是一箱白色、工地式安全帽，供遊客輪流使用。我向來不喜歡和人共用安全帽，彷彿有許多髮的故事在帽裡伏貼、著床、滋長。因此，對於一頂身世不明的安全帽，我的第一反應就是檢視內裡，是否殘留髮根？留存異味？沾染油汗？

我將安全帽拿起來聞，一位原住民工作人員對我說：「酒精消毒過了。」他要我放心。但我嗅到一種酒精與汗臭混揉的氣味，於是掏出衛生紙，綿密地鋪滿帽裡。

我的髮是怕生的。我總是避免己身之髮與他人之髮有直接或間接的接觸。髮上有極私人的氣味、油污、皮屑、膠蠟，甚至潛藏蝨蛋、癬菌、蟲卵；捲的、直的、弧狀的、螺旋的；黑的、棕紅的、金黃的，每一絲都是一個體質，一段DNA密碼。

我總覺得，髮的接觸比手更令人不安。有時寧願握千百人握過的電扶梯扶手，也不願戴一頂陌生的安全帽。髮生於頭上，晾在陽光之下，外型公開，本質卻極度內向。

朋友常說，我的神經長在頭上。不只安全帽，我不睡別人睡過的枕頭，不用別人梳過的梳子，旅社check in第一件事，就是檢查枕頭上有無髮的遺留，彷彿髮會滲進睡眠，成為夢裡的雜質。

於是，我每天洗頭，喜歡乾爽、些微蓬鬆的髮質；我恐懼油頭，流汗濕了、安全帽壓垮了，沒關係，再洗一次。

因為，我的神經長在頭上。剪了會痛。

二、

剪了會痛。

那是一次慘痛的經驗。我在車站附近一間連鎖髮廊剪髮，長期給設計師Andy修剪。有天得知Andy移居日本，改由隨機分派設計師。

「剪短，夏天到了嘛！剪完可以抓出造型。」我和設計師說明理想的髮型。

喀嚓，喀嚓。幾分鐘後，設計師端出鏡子，左側、右側、後側照了一番。我心涼了，她留了一根細長的髮尾在頸上擺著，說是火紅的造型。

參差的髮線加上蓄意留出的髮尾，我感到頭上攀了一隻蜥蜴。

我知道我不適合這髮型。「可以把頭後那條尾巴剪掉？不要留這種東西。」我向設計師說。

於是，喀嚓喀嚓，整個髮型重新調整，剪了更短，打了更薄，我心更慌。對著鏡面，髮量愈漸稀少，長短不一，在燈光照射下，髮色呈淡咖啡，某些角度更顯焦黃，頭頂一片荒煙蔓草、營養不良。

我緘默不語，付費後就匆離髮廊。

此後，我流浪多家理髮店，總難剪出一個滿意的髮型。不是沒層次感、不夠勻稱，就是整理困難。

有天，我的朋友Jonson從洛杉磯返台結婚，找我當伴郎。透過婚紗社化妝師介紹，我去了一間髮型沙龍店。

這是一間連鎖髮廊，裡頭全是時尚造型師，年紀輕，裝扮新潮，像一場鬥豔嘉年華。店內採冷色調，灰、黑、白是主要色系，天花板暈著淡藍光，大抵簡約冰涼。服務也很講究，除了整櫃的時尚雜誌與八卦週刊，每位顧客都有一杯茶水，在剪髮前亦有頸肩按摩、頭皮水療、精油指壓等服務。

半小時後，我的設計師出現。她身著深V低胸服飾、露事業線，頭上綁了一只大大的紅色蝴蝶結，頭髮梳綁到一邊，馬尾左側搖曳。

「您好，我叫小涼。」她甜甜笑著，接著從工具箱裡掏出感應棒與傳輸線，接上液晶螢幕，往我髮上掃描。

「嗯，幫你看一下髮質。你的髮根不理想，我們這裡有一種護髮霜，可以改善髮根與頭皮……」小涼說著。

我愣住了。如此含糊的分析、鬆動無章的說服，讓我懷疑起小涼來：這個設計師可靠嗎？她的身分是推銷員嗎？

「謝謝，我不需要。」我淡淡回答。

小涼似乎察覺到什麼，草草收拾工具，轉而開啟另個話題。

「你長得有點像韓劇《你是誰》的男主角尹繼尚。」小涼開始說我長相白淨、像東北亞人種，有日韓男星的潛質。

「你穿西裝、提公事包，走在東京地鐵裡，我絕對會以為你是日本人。」小涼說。怎麼這麼中聽？從高中起，我就極度哈日，嚮往成為東京通勤的上班族。小涼就這樣說進我心坎，把我鬆懈了，也稀釋方才髮根分析的窘況。

「車勝元如何？你應該會適合他那種髮型。韓國正流行的呢。」小涼提議。

喀嚓，喀嚓。小涼就這樣揮刃有餘，削出分明髮線，接著掌心塗抹髮蠟，在我的前額服貼地抓出流線。整個過程，我發現她有很多剪髮以外的語言，一會談到麥當勞的漢堡，一會是飲料店的烤茶，一會又是捷運上的糗事。

「還滿意新造型嗎？」

我點頭。說實在我很滿意。

「麻煩您留下姓名、電話、e-mail，建檔用而已。有什麼特惠我們會通知你。」小涼遞出一張問卷與會員卡。

「這是我的名片，上面有blog網址，任何髮型整理問題都可以問我。滿意的話，記得幫我介紹客人。」

只是我還是留下假名、假年齡，以及真手機號碼。

那天之後，我每天照鏡子，更正確地說，是照頭髮。髮調整了我的作息，是我的一日之際。我得早起對鏡費工抓理瀏海，五官既難改變，唯有髮可塑性大，能力挽狂瀾，在素凡的顏面，決定性地關乎美醜。

因為，我的神經長在頭上，弄亂了是會痛的。

三、

由於有了愉快的剪髮經驗，後來我都指定小涼剪髮，就此讓她成了我的頂部主宰。「這次吹日本風。剪像柏原崇。」「這次貝克漢。」「這次換范植偉。」

從中、港、台到日韓，再到西方世界，我講得出來的，小涼都能剪，只是往往相去甚遠。（面貌的關係？）

然而我對小涼始終陌生。我們在彼此的假名裡認識，在髮事上交集。她總是盛裝出現，與我談一些無關痛癢的事。

為了多了解小涼，我試圖從她的blog、訪客或連結，尋索她的生活圈。她相簿內的朋友，每個都像藝人，體膚精緻。然而這種抽絲剝繭是徒勞的，她的訪客眾多，且多是我這樣的顧客，顯然這是一個開放給外人的blog，身邊朋友不會在此留言的。

有些留言看得出有備而來，為要詢問髮部疑惑；有些留言是釋放交友訊息；但更多留言是騷擾。似乎，當髮喀嚓喀嚓地剪去時，有些東西正窸窸窣窣地長起，髮根或戀情。那是理不清的髮事。

後來因為服役關係，我剃髮入營。髮在軍中是多餘的。起先休假出營時，人人一頂帽子遮醜，久而久之也麻木了。我的髮梢遲鈍了。

此後，我就不曾找過小涼，倒也很快習慣這種「蓮蓬頭一沖就搞定」的日子，一直到退伍後都是如此。我被方便寵壞：醒來，洗臉，衣褲穿上便出門。時光與洗髮精都是節約的。

可是不久，我又開始不安於無變化的髮，於是在新工作的城裡找新髮廊，一家換過一家，總覺得不滿意。我曾想聯絡小涼，卻害怕她發現：頭頂屬於她的痕跡——那些流線與厚薄，已全數毀滅走樣。

有天，我鼓起勇氣聯絡小涼，髮廊說她離職了，去向未明。她的blog也荒廢了。我試著從一些站外連結，搜索可能的近況。不久，赫然連結到一張光頭女子合照，相片附註：小涼與我。

是她嗎？輪廓、鼻、脣與眼睛有極高相似度，但我仍無法肯定那就是小涼。當下第一反應是：她該不會出走人間，與煙火了斷？那不太像她會做的事。這段期間，一定有什麼事影響著她、改變著她。光頭是需要勇氣的，或許是輸了一段感情、一場賽事，以此刻骨銘心；或許是表明準備進入閉關狀態，別無旁騖；也或許是一種贖罪方式，剪斷前孽，於此重生。

那是一則又一則頂上各自解讀的人生密語。

我想起古人說過：「身體髮膚，受之父母，不敢毀傷，孝之始也。」髮，雖無血無肉、輕聲細語，但從這話，髮事慎重不可怠視。

於是，離子燙、波浪捲、挑染、山本頭、龐克頭，甚或一髮不剩，人常在髮事上抉擇或表態。這末梢的奢華，通往紅塵、屬乎世界，有峰迴路轉，也有人性阡陌。

所以我知道，沒有神經分布的髮，卻敏感於一頂安全帽、一只枕頭、一把梳子，那是為要深刻地感知人性的油垢、黏濕、髒污，以及種種美麗與醜陋。

——原載二〇一二年九月《幼獅文藝》七〇五期

臉書——誌臉

黑黑白白，明暗參差，我們屏息於雙色世界，在漆黑的羊水中，隨著探頭與胎位游動，守候生命臉書的首頁。

鼻、唇、耳翼……猛然浮出，胎兒正以手摀著臉，如預告片，讓線索在黑暗的想像裡，若隱若現，慢慢打撈。

在產檢超音波室，我最期待的就是4D臉相重組。這些臉或無辜、或沉睡、或滿足……約莫此時，臉於是有了輪廓，定了航程，接受世間的美醜尺度。

然而臉的事，嬰幼時是不懂的。是什麼時候，臉才向人生展示意義，開始注重儀容，開始對鏡顰蹙，開始計較眼皮層數、鼻梁高度、雀斑範圍、魚尾紋多寡？

像是性啟蒙，意識到臉的巨大鋼架，竟是連結一座感官與慾望的人間。

對於臉的啟蒙，我是晚熟的。翻開中學時代的照片，笨重眼鏡、規矩髮線、傻憨微笑，我活在自己的世界。

漸漸地，我和城市在許多事上，以臉為依據。

比方選舉。

走在選情膠著的城裡，旗幟飄揚，看板林立，有候選人端莊微笑，有候選人展示線條。有時，我是不理智的選民，對於毫無概念的選單，我會選順眼的。

長相不能油膩，那是貪汙的意象；笑容不宜拘謹，那讓我感到不自然、藏懷心機；面目不可過於年輕，涉世未深如何遊走政壇染缸？

比方看診。

這以慢性病居多的門診，老年人自然也多。阿嬤心中的醫師，該有張專制、權威、自信，甚至會管教病人的臉。有天當她發現，坐在診間椅上的，竟是年紀還不夠格當她孫子的醫師時，總會說：「現在醫師都這麼年輕。」

有時，遇上大學生，他們也常對我說：「醫師你看起來很年輕。」但其實我也臨而立之年，似乎沒人察覺，二〇一〇年夏後，第一批七年級主治醫師已悄悄進入醫界；二〇一三年秋，首批八年級醫師將進入醫院見習。

有次，我向一位旅美女教授解釋乳癌枝節。她打扮貴氣，說話快、狠、直接，喜歡批判台灣醫療，舉動談吐間釋放出一種不好惹的訊息。

「是這樣嗎？你要不要和你的老師討論看看。因為我看你還滿年輕的。」她說。

我安靜下來，沒繼續和女教授辯解，轉而臉紅，即使我知道我說的有憑有據。

「我再查查文獻好了。」我簡單回了她。

我就此屈居下風，多麼羨慕那些遇事「臉不紅氣不喘」的人，因為我正是那種遇窘境，臉會立即潮紅的人。不止臉紅，耳朵也是，它帶給我困擾。

我更不是一個可以把臉裝得很兇，或有勇氣和周邊對立、抗爭到底的人。我總是以妥協逃避爭端，喜歡靜靜的、相安無事。

朋友說，我的臉不具攻擊性。除非很冷的沉默，面無表情，才有肅殺的氣味。

或許因為此，我常被人問路，在城市、鄉村、離島，甚至海外都經驗過。我常想，是我太面善了嗎？還是長得帥（純粹想太多）？

有回在吉隆坡市郊攔了計程車回 Puduraya 車站。我攔到印度司機，乘坐前跟他強調再三，我要跳表計費。

計程車在市區塞塞停停，每隔幾分鐘，司機就拍拍跳表器，說機器壞了，走慢了。哪有這種道理？太荒唐了。我心想。

不久車到 Puduraya 車站，因為施工封閉，附近一片寂靜。我付了車資，司機竟不找零。於是，我坐在椅上不離去。

緊接著，司機變臉了，像通緝犯那種神情。在四周無人的時空下，我不想為區區幾塊馬幣惹上麻煩，就逕自下車。

回旅社後，我後悔了，很氣自己選擇讓步。為什麼沒有勇氣當面兇惡地向他喊著：「找我錢！否則報警。」

因為一張無法凶暴的臉。

臉是一個人的辨識標誌，我們很難單從腿、背、肚腹就輕易指認一個人。每獲知一個新名字，我的第一個反應就是長怎樣。

妮塔是交換學生，來自香港。我負責接待。來台之前，我和朋友一直期待她的長相。正嗎？香港來的，應該時髦前衛，踩著響亮高跟鞋，提名牌包，走在中環街道。

但妮塔來醫院的第一天，穿牛仔褲、慢跑鞋，還有一件略微黯淡的淺藍夾克。她個子矮瘦，戴金邊眼鏡，鏡片有些磨損，綁馬尾，整個人樸質恬淡。她和我認識的一些香港朋友不太一樣。她的臉總讓人感到天真，像無法偵收到環伺惡意，只專注於眼前事物，沒有旁騖，沒有打量，沒有陣營。

妮塔結束短暫見習後，和我保持 e-mail 不穩定的友誼。偶爾來信 say hello 就是人生一個大階段，畢業了，工作了，離職了，復業了。

直到一年半前，妮塔來到台灣，約了一些當時結識的朋友。這些年來，有些朋友進了職場、惹上官司、升格父母、困於借貸、體重失衡，每個人臉上或多或少都有了改變，只有妮塔，金邊眼鏡、馬尾、牛仔褲，時光就在她身上靜止了，停在五年前。

她還是像一位單純的學生。

那時妮塔剛結束一段感情，飛往南非自助旅行一個月。當她向我們講述約翰尼斯堡的旅遊故事時，我彷彿能感受到她的心有餘悸。

在約翰尼斯堡的每一天都是防衛，隨時得注意有無可疑人士跟蹤。就算是向普世開放的教堂，在這裡還是得鎖上層層房門，有條件的博愛。

搶劫、偷竊、槍響是旅行的必然體驗。她永遠記得那晚，在號稱治安最好的桑頓區（Sandton），被兩名黑人用槍頂住頭搜刮現金。

事後，她腦中一片空白，只記得黑人的眼神是那種光看就能預感災難的。

妮塔報警了，雖然案子不了了之，但她慶幸一切只涉及金錢，肉身仍保有。很快地，妮塔跳離黑人陰霾，在當地參與了索威特觀光行（Soweto visit tour），據說是參訪南非最大的黑人區

（township）。

妮塔講述黑人區的故事時，違建、非法酒屋、克難、碎裂……語調中充滿著對邊緣的憐憫。她對於當年南非政府的種族隔離政策感到不解，這張臉——無關美醜，無關凶善，只論顏色，決定去留。

她說得起勁，話題轉向南非電影《再見曼德拉》，似乎忘了搶她的正是黑人。

有天，妮塔搭乘Baz Bus前往開普敦，和車上一位拉丁裔背包客聊起被搶經驗，背包客直截地說，那是因為妳的臉。亞洲的臉，日本人的臉。

日本人？妮塔感到不解，後來才知道，那樣的臉對黑人而言，都叫日本人——帶著昂貴生活水平與財富。即使只是個克難的亞洲背包客。

臉就在此時傳遞了錯誤的訊息，卻透露了生命的真實、人性裡的某些恆常。

妮塔突然說：「我希望我兇一點。」

那一刻，我才意識到，歲月其實也在妮塔臉上動了些微的工，有了冷暖，多了唏噓。

妮塔接著說了一連串職場的挫折。因為面善與忍讓，許多不公與不義便不斷往她伸張——

嘛著氣頻頻假日值班、多一次月報、被護理人員有意無意大小聲，甚至還被病患性騷擾。

幾天後，妮塔返回香港。

有天，我隻身走在城市街頭。綠燈，通過路口，一輛違規右轉的車向我鳴示喇叭，然後咻的一聲，在我眼前擦身而過。

我立在斑馬線上，只希望自己長得粗獷、兇悍一點，最好有張像電影《艋舺》裡的臉，如此才不被人看準你人單力薄、面善無膽、打不過他。

臉讓某些人吃虧，也讓某些人占上風。面惡是一種保護，在面貌的城裡。

也許，幾年過後，當我再見到妮塔，已能在臉上找到歲月的流動；也或許，時間真的在她臉上靜止了，她的人生還是反覆那些吃虧的細節。在面貌之城，我會持續讓歲月熬磨，寫就自己的臉書，一本與時光和人性的和解書。

——原載二〇一一年二月十七日《聯合報》副刊

我那藏著眼的宿舍歲月——誌眼

我想我是被監視了。

●

〇八年秋，我剛退伍。半個月後，捆了一箱醫學用書，搬來中部，開始住院醫師生活。因為延後報到，我喪失宿舍選擇權，任憑舍監分配。

「一〇七二室，兩人房。只剩這間了。」舍監推推老花眼鏡說。我的私生活就這樣讓渡給她，賭向時空和人群的或然率。

書桌靠窗還是靠廁所？室友好相處嗎？衛生習慣如何？此刻我的腦中只思考這些問題，完全沒有容積劃分給明日即將面對的全新作業系統與環境。

電梯上了十樓，來到一〇七二室。開門，適逢室友外出，我瞥見吊掛的醫師袍繡字，驚覺正是大學同學M。

怎麼會是他？一位和我生活圈毫無交集的同學。其實不只我，M和全班都無交集。他不常上課，是那種只在重大考試、點名才現身的人。

我曾聽朋友說，與M輪值班是場不愉快的經驗。七點卅分交班，他五十分才來。甚至，帶女友進值班室，反鎖。他有自己不容勸化、觸犯的邏輯，過自己的章法。我已預見彼此私生活的磨合是費力的，我將很難適應他的秩序。

「對不起，我必須換房。因為一些蠻個人的因素。」我和舍監談換房。

「不好意思，你晚報到，沒多餘的房間了。」

我很難以此單薄的理由換房，於是虛構了一些我與M間的恩怨，和舍監解釋，終被理解。

「這樣好了，八九六室不久有人要搬出，這段時間你先暫住七八八室。等八九六空出來，你再搬進去。」舍監說。

於是我搬進七八八室，兩張上下舖的床。我睡上舖，下舖偶有位年輕放射科醫師來睡；另一張床，上舖堆滿雜物，下舖則睡一位老藥師。

放射科醫師話少，大概只會講「空調很冷。」、「最近值班嗎？」這類的話；藥師話多，舌尖與喉頭總機能亢進，中西藥兼擅，可以從《神農本草經》講到《本草綱目》，然後突然跳到糖尿病新藥Januvia，儘管你當面打了無數哈欠。

我因正在適應一個新身分，把很多本性裡的真實抑制住，很表面地和這兩人往來。就這樣，三種不同體質、時刻表、哲學，相互重疊又錯開了一星期。

●

「八九六室有床了！」有天，舍監通知我。

很快地，我收拾好衣物搬往八九六室。剛到八樓，恰遇工人在電梯口裝設監視器。探問之下，才知最近發生一樁失竊案。

我心想：除非是偷書賊，否則我家徒四壁，所有物件都適合打包、有遷徙的性格。我反而不在乎小偷，鑰匙插入，推開八九六室，我愣住了。

黑暗，混沌，一扇窗都沒有。這房位於樓層中央，四面被水泥牆隔起，恍若永夜極地。不僅如此，密閉窄室內，擠了兩張書桌、兩張床、兩座大型衣櫃。書桌一張面西，一張面北，當兩人同時在桌前向後伸懶腰，是會撞到的。

室友是眼科醫師David。他說話快，眼睛動得也快，是那種思慮閃跳、笑話未說完就意會而大笑的人。

David的書櫃自然很「眼睛」：眼的教課書、眼模型、眼圖譜……，就連語彙也充滿眼睛：今天開了幾台白內障的刀、急診遇上竹籤戳眼、病房收了角膜潰爛病案等。我彷彿被眾多眼睛環繞，書封上的、模型上的、有形的、無形的……。

那陣子，David開始受角膜移植訓練。因此，他常跑喪家或陳屍處，貼著死者臉龐，剪下眼肌，切斷視神經，接著掏出眼球摘取角膜。小心封裝後，再將眼球縫回眼眶內。

但這一切讓David相當不適應。我想像他的敘述——在放大的瞳孔、靈魂的隘口上撥剪，是需要膽量的。

David就曾遇過那樣一雙眼，留有忿怨與不甘。

「我覺得他在瞪我。」David說。一種幽微又難以解釋的感應。

我也有取角膜的經驗。但那是實驗課，以豬眼為材，和人眼絕對不同。畢竟人眼藏著意念，太多心思在眼球流轉——愛慕、忌妒、哀憐、輕蔑……訊號閃躲又善變。

就在一天晚上回宿，赫見門上貼了符咒，黃紙黑字，這才想起David近來常半夜驚醒，恍恍惚惚。後來聽說是摘角膜時遇了餓鬼，回基隆老家燒了不少紙錢。我因有自己的信仰，並不害怕。

事發後，David不再返室，不久退宿。我撕下門前符咒，感到生活兩倍膨脹：可以併床睡雙人床、可以洗兩倍時間的澡、可以上班前用兩倍時間的廁所，當然房租也繳兩倍。

我喜歡這樣獨享、為所欲為的空間，開始洗澡不關門、講很大聲的電話、放金屬音樂、把整理房間這件事留給明天。

惰性與劣性也兩倍放大著。

有天，門上貼了一張字條：「十二月十四日，新室友Alex搬入，請提前整理環境。」

Alex是外科醫師，單身，過著刀房、值班的混序生活。他因為沒通過醫師國考，在宿舍裡，就是唸書拚考試。

後來國考結束，Alex再次落榜。幾天後，他在電腦前裝視訊鏡頭，常常晚上就見他開視訊。每當行經他背後，他便迅速切換螢幕，我刻意不過問、不看見。然而，有幾次還是在切換視窗的剎那，瞥見對方人物——一位貌美女孩。

就這樣，露露藏藏，Alex或許倦了、麻木了，漸漸不敏感於我的存在，開始大方玩視訊，反而是我敏感於視訊的存在。因為空間過窄，洗澡前我總全身脫光留條四角褲，行經他身後入浴室。所以我入鏡了，感到不自在，好像有隻眼伸進宿舍，往角落佈局著，觀察我的起居飯睡。

此後每天回宿，總覺得有地方不對勁。是Alex桌上的視訊鏡頭嗎？電源開著嗎？我盯著那鏡頭，在這小房裡，宛如一只心思未明的眼，冷觀、透視著我的日常。

後來，我聽Alex的朋友說，他戀愛了。是視訊中的女孩嗎？我問Alex，他神祕兮兮。也罷，我對這段戀情不是很感興趣。因為即將離職，我暫沒考慮退宿。反而一個月後，Alex先搬走了。

●

〇九年盛夏，我返回南部工作。醫院配給我一間保全周延的宿舍，廿四小時總有警衛站崗，盯著數十台黑白監視螢幕：大門、電梯、轉角、停車場……每個角落都不放過。

我有個不為人知的習慣：每當電梯內只有我一人，我會對著鏡子裝鬼臉、擺pose、抓弄頭髮。有時，幻想自己在星光大道唱歌。偶爾，飆首楊培安的歌。

「你很像《痞子英雄》裡的陳在天喔！」有天我把自己反鎖在外，去警衛室借鑰匙，警衛對我說。

真的嗎？他會不會搞錯了？他指的是周渝民，仔仔，知名男藝人。這是第一次有人說我像仔仔。

就把他當真吧，我這麼想。寧願在唯美的謊言裡，醉生夢死。

但我心中有個疑惑：他會不會觀察我很久了？不然，素昧平生，為何見我就直吐這話，顯然淤塞於心，不吐不快。

此後，每當一人搭電梯，我總對鏡子說：「黃信恩，手臂再鍛鍊一下，你一定是下個仔仔。」

出電梯，走長廊，過自動門，右轉，經警衛室，前往醫院。這是我每天的動線。那陣子，我察覺這條動線有個環節出了問題，卻說不上來。後來細想，原來是警衛室。每當行經警衛室前，警衛總探頭來，臉上露出一種不明的微笑，之後，又低下頭。

我總會想：警衛在笑什麼？是不是剛才我又在電梯裡做了什麼？只不過自戀作祟，談不上好笑吧。

有次在電梯裡，突然注意起上方監視器，我想著那些警衛，該不會此時正盯著電梯裡的我，彼此交換意見？（喔，你看，仔仔出現了，髮型換了。）這回我收斂了，不對鏡做勢，只規矩等著樓層抵達。

然後，我照例經警衛室往醫院，他們還是老動作：探頭過來，不明微笑，接著低下頭。怪了，這回我絕對是正經、不幻想的，到底又在笑什麼？

有天，我去警衛室拿一份香港朋友寄來的包裹。出自動門，經警衛室，警衛依舊探頭，微笑，然後低下頭。當我拐進警衛室，才發現，地板上有台小電視，播著綜藝節目，警衛看得開懷，臉上就是那種我常見的——不明微笑——一種架在紀律之上、得隨時變臉驅逐盜匪、克制的笑。搞什麼，原來從沒人想監視我。突然醒覺：我離仔仔有蠻大一段距離的。

——原載二〇一〇年十一月二十二日《中華日報》副刊

大隱於耳室——誌耳

一、

耳朵是我們體內最獨裁的器官。

歌手陳綺貞曾被媒體報導，在二〇一一年「夏季練習曲」巡迴演唱中，由於聽力敏銳，只要下榻飯店有些微玻璃窗震動，便足以爆發耳內大革命——暈眩、失眠。主辦單位於是替她換飯店，最高紀錄一夜換過六間，後來更送她價值十萬元的六聲道抗噪耳機。

這則新聞表面上告訴我們：陳綺貞擁有一雙精細的耳，對於雜音具高度潔癖；但背後其實是說：即使住進高檔飯店、付了天價房租，我們還是無法真正擁有一個空間。因為真正擁有空間的是雙耳。

耳殼接收四方聲波，匯進外耳道，振動鼓膜，進入耳室，遞給三小聽骨，然後抵耳蝸，再藉聽神經傳於腦，聽覺於是產生。

在這一連串聽覺傳導路徑裡，我最喜歡「耳室」這個生理名詞。耳室，是世界上最精緻的房間。為什麼不作「耳腔」而作「耳室」？「室」這字是典雅內涵的，具設計概念，好像有什麼哲理、學說在裡頭答辯著。

「鼓膜」則是最富音樂感的結構。為什麼取作「鼓」？彷彿加重了共振與共鳴。這塊膜組織，是許多耳病的檢查重點——紅焰、膿汁、坍陷、腫脹、破洞，中耳疾病於此塗鴉，紀錄身體狀況的一堵小牆。

而「耳殼」這詞亦有玄機。「殼」是家，是貝，把事情包藏起來呵護著。殼，帶著私有的意涵，於是耳殼暗示整片耳其實是一只蒙古包、一座小宇宙。戴上耳機，放起音樂，就能將一個人自鼎沸城裡抽離。

作家李明璁在《物裡學》中說：「耳機是一道牆。一道包覆與保護自己的牆。」有一年他在倫敦地鐵裡，因為忘了帶隨身聽，碰巧遇上科芬園車站疑似被放置爆裂物，整座車站在哨聲、廣播、與尖呼中混雜失態。此刻他奢想一副耳機，以更大分貝直接塞入耳室，蓋掉耳際的噪音。

學生時代，每當心情煩悶，我常一人躲進棉被，把隨身聽音量調到最大。當然幾分鐘後，耳朵就不堪負荷，於是調低音量，但此時此刻的我卻經歷一場微妙的時空變化，好像如此，世界可以被隔絕。

那是耳室的專制。它封出一個世界給我，讓我大隱於耳室。

二、

然而耳朵更獨裁的地方在於那些外人聽不見、自己卻清楚聽見的聲音。

嗡。嗡。嗡。

唧。唧。唧。

耳鳴是個謎。有人說像抽水馬達聲，有人說像防空警報，也有人說像躲了一隻振翅的蚊，更有人形容耳朵裡住了蟬、壁虎、紡織娘等。然而裡面什麼蟲都沒有，只有一隻蝸牛——解剖學上呈螺旋狀、具聽覺細胞的「耳蝸」（cochlea）。

我有幾次耳鳴經驗，單耳，蚊子振翅聲，有些低沉，稍縱即逝。然而耳鳴看不見、抓不到，當我向朋友述說這段經歷時，他們笑笑說：「該不會只是耳邊正好飛過一隻蚊子吧！」由於耳鳴來去無痕，對生活未造成影響，我也未放在心上。

我遇過一位耳鳴患者，她就沒那麼幸運。她形容耳鳴像鋼鐵輾磨聲，夜深人靜時特別會聽見，也因此造成睡眠障礙。她找過耳鼻喉科醫師檢查，一切正常，醫生告訴她沒有特效藥，只能睡前放床頭輕音樂，稀釋耳中金屬聲。

耳鳴在醫學上目前認為有部分與耳蝸受損、大腦聽覺皮質異常放電有關。這當中牽涉到複雜的神經傳導路徑，其中任一環節出問題，均可能造成耳鳴；也有人發現，和憂鬱症等情緒相關的神經傳導物質血清素（serotonin），在耳鳴的神經傳導路徑裡扮演重要角色。

有次，一位門診病患抱怨近來耳鳴聲越來越大，「像風吹」她如此形容。從微風、徐風，到如今呼呼而吹的強風，這風是節奏性的，與心跳同步。細查之下，才知是近耳部某條血管出問題，引發血液亂流所致。

那是找出原因的部分案例。許多耳鳴原因至今仍不明。

嗡。嗡。嗡。有天晚上，耳中的蚊子又醒了，一分鐘後牠仍持續發聲，那一刻我硬是被捲進一座單調的音律世界，突然有些惶恐，擔心鳴叫就此未歇。所幸十分鐘後，耳鳴終止。比起許多耳鳴患者或許微不足道，卻是我最長的一次耳鳴經驗。

三、

耳不只司聽覺，也轄平衡覺。暈眩是更高壓的獨裁、無可報復的暴政，把人帶進一座天旋地轉的世界。

我不常暈眩，唯一一次是暈船。那年我小四，從高雄坐船到澎湖，整路吐得凌厲，登上馬公港時，頭重腳輕很虛浮，覺得整座澎湖都在轉。雖是久遠的事，至今卻仍輪廓鮮明。即使長大，暈眩的記憶一直讓我對澎湖產生搖晃的錯覺，刻意避免去澎湖。

暈眩就這樣使事物失真。

但事實上，矇上眼睛，耳室裡的事或多或少都失真，因為聲音的本質是想像。於是有廣播，有〇二〇四這支電話。

記得國中某個準備段考的夜晚，我調廣播，無意間聽見一位女主播，溫婉嗓音正敘述台北市仁愛路上行道樹的時令變化。之後，廣播全是純音樂，偶爾插播新聞提要。我心想，這頻道真是適合靜心與伴讀啊！FM96.3 中廣音樂網，就此伴我度過整個中學時歲。而當年那位女主播是李蝶菲。

高三那年 FM96.3 突然換裝，改走潮流路線，取名「Wave Radio」，並喊出「只聽音樂不聽話」的口號，同時增加不少主持人與單元節目。當時萬芳、黃韻玲、娃娃、鄭開來等，都是我鎖定的ＤＪ。

大學畢業那年 Wave Radio 熄燈，改名 I Radio，風格轉為前衛、金屬、搖滾。後來因為 MP3

與網路電台盛行，擷取音樂更自在，我漸漸不再仰賴廣播聽音樂，那段近十年的廣播歲月就這樣靜靜睡了。

四、

近來因為工作關係，我常在診間聽許多故事，從症狀細節、就醫始末、家族病史、飲膳作息……逐一探問。然而繁複的聲腔與語境，使我的耳朵需時常切換——伶牙俐齒的熟女、只懂閩南話的阿嬤、鄉音濁重的榮民、中英交錯的留學生、語法碎裂的外勞。有時，我會懷疑自己具多只耳室，分別接收、切換不同頻率。

偶爾我會遇見幾位獨自就醫的重聽老人。問診中，他們往往答非所問，卻總是一臉微笑。他們使我想起阿嬤。大學時，有次撥電回家，久久無人接聽。就在最後一刻，電話通了，是阿嬤。她因重聽，我費力講了幾次，她才好不容易聽出是我，接著就按著自己假想的對話接話，在一個很突兀的時間點說：「你呷飽未？有想阿嬤無？我要睏了。」然後掛下電話。

我心中有些微涼。或許，當她接起電話的瞬間，面對話筒彼方未知、疏離的世界，心中是惶恐不安的。

然而年老了，聽力差了，世界就成了一座巨大的默劇舞台。耳室開始向年歲伸張獨裁。一種晚年的靜音封鎖。

不過，這也好，靜音有時是一種保障。島上的爭論與是非，聽多了會讓人迷惘。我們還是需要耳室的獨裁，需要不定時大隱於耳室——輕輕戴上耳機放起純音樂，閉上眼，進入另個時空。那裡沒有語言，沒有文法，沒有時差，只有安心享受專制的寧靜。

——原載二〇一二年二月《幼獅文藝》六九八期

鼻腔時歲——誌鼻

一、

對好些人來說，鼻腔裡藏有一只鐘錶或一本曆簿，算著分秒流光。

我的鼻腔置放的是鬧鐘。約莫中學開始，很準時地，我固定醒在鼻塞的清晨，全年無休，冬季稍嚴重，整個鼻腔漫涵水份，即使住在一座以陽光居多的城市。

「過敏性鼻炎。」診所老醫師這麼對我說。那時我高一，但心中有個疑惑：我對什麼過敏？

「冷空氣。」老醫師低頭寫著病歷說。

「可是夏天這麼熱，為什麼照樣鼻塞？」我問。老醫師未答，就叫了下一號。他冷淡不耐的答覆，讓我有種被搪塞的感覺。

就這樣，我和潮溼的鼻腔共存多年。漸漸地，我觀察到不只清晨，只要溫度變化，我的鼻腔就悶塞難耐。後來唸醫，認識一種鼻病「非過敏性鼻炎」（nonallergic rhinitis）（嚴格來說應稱鼻病而非鼻炎），亦稱「血管運動性鼻炎」（vasomotor rhinitis）。這種鼻病並非過敏誘發，而是接觸刺激物（如香水、化學煙霧）、氣溫濕度改變、大啖燙辣食物、荷爾蒙變化（如懷孕、月經、甲狀腺功能低下），甚至情緒壓力所引發。機制未明，有人推測與神經失調有關。然而無論如何，最終都使鼻腔血管擴張，黏膜充血而腫脹。

我的症狀有部分能被非過敏性鼻炎解釋，或者同時並存著過敏與非過敏性鼻炎。後來進入臨床工作，我經常遇見各式鼻腔故事——有人吃了春川辣炒雞排，鼻腔大水不可收拾；有人夜晚灌了啤酒，鋒面過境鼻腔，烏雲密布；有人聞見菸味，鼻頭飄起細雨來；也有人從基隆遷居府城，鼻腔變乾爽，從此濃濃鼻音退去了。

鼻腔呀，一個易感傷的器官！些微環境浮動，裡頭就是一場翻雲覆雨。

「我對什麼過敏？」

有天，當年我問老醫師的，竟換自己被問了。

他是一位廿多歲的男孩，以前是三月中旬，現在提早了，每到二月下旬，鼻腔就進入雨季，鼻涕、鼻塞、噴嚏，水汪汪濕漉漉。然而時序入秋，鼻腔又巧妙地轉進旱季，準備冬眠。

他很習慣過敏性鼻炎這診斷，畢竟從小聽到大。今天就診有備而來，點名要檢查過敏原。

我查了塵蟎、花生、蟑螂、花粉等一系列過敏原，才發現他對桑科過敏。循著線索，他仔細回想，赫然想起工作室不遠處植有桑科植物。

「沒關係的，一年就這段時間較難受，吃點藥或噴藥就行了。不像我每天早上都鼻塞。」我安慰他。

彷彿男孩的鼻腔裡，度量時光的單位與我不同。那是一本季刊，以節氣或季節的間距抽換著。

但還有一些人，鼻腔內有另一種時間軌跡——深夜已近。眾生熟睡之際，鼻腔突然響了，彷彿藏身的猛獸醒來，準點報時。

二、

「我先生最近睡覺，鼾聲很大很可怕，像獅子在吼。」婦人說。

我將笑悶在口罩裡，婦人的形容很生動。我常在診間聽見各種鼾聲形容：像打雷、像颳颱、像大象踩過、像野禽咆哮……天搖地動，獅子吼倒是頭一遭。

事實上，任何上呼吸道阻塞，皆可能引起鼾聲。很多時候打鼾不是鼻腔的問題，而是口咽的問題，比方軟顎、舌根、懸壅垂、扁桃腺等，當這些構造鬆塌或肥大，阻塞呼吸，導致氣流摩擦，聲音於是產生。或許因為「鼾」這個字——從鼻干聲，干人夢境之鼻，讓人誤以為打鼾全是鼻腔作祟。

獅吼畢竟是誇飾，我能理解，婦人每晚必須聽見這些聲響，撕裂的睡眠、煩躁的心緒，夜晚對她而言，佈滿破碎的意義。

然而鼻腔終究是藏不住猛獸，卻能住進一些令人頭皮發麻的生物，比方水蛭。這類報導反覆在新聞出現，內容不外乎是：某人到溪邊玩耍，蟲卵潛入鼻腔，從此定居，鼻血時而可見。一日，耳鼻喉科醫師從鼻中夾出數公分長的水蛭。

偶爾，就見幼童將電池、鈕扣、糖果、項鍊塞進鼻腔。我常想：那是怎樣的一個黑洞，藏有初出人類填塞的慾望？

這是氣息之謎啊！

解剖課本上都有一張鼻腔縱切圖，嗅黏膜覆於上穹。上中下三鼻甲，隔起鼻腔密室，偶有息肉贅生，偶有中隔彎曲，迂迴歧岔，宛若迷宮。而氣味總在鼻腔探路，繚繞，然後來到嗅黏膜。透過嗅神經傳導，一旦駐進腦內，就成了霸氣的記憶——香郁或作嘔，烈嗆或腥臊，永生難忘。

我觀察到，一般門診中，以鼻病當主訴的，大概都是一則則關於鼻腔的水患——鼻涕、鼻塞。我有些感慨：鼻腔不該用來儲水，而該存放更多美好的嗅覺經驗。

但真正因嗅覺出問題來的病患並不多。我曾遇過感冒後，嗅覺突然喪失的婦人。

「我今天炒菜，什麼味道都聞不見。我嚇到了，鼻塞可能這麼嚴重嗎？」婦人說著，甚至激動地流淚。

「也許是，也許不是。可能病毒感染，侵犯神經了。」我解釋，告訴她可能的結局與機率。這使我思索那些缺角的人生——嗅覺喪失會是怎樣的人生？無香無臭，平平淡淡，我才發現，關於嗅覺我能想到的形容並不多，香、臭、腥、嗆，大概就這些。我常想，那些以嗅覺撐起日常的動物，氣味是語言，應該有豐富的語境——喔，就是這氣味，那些年我們一起追的氣味（可能還可以憑氣味選美，區分環肥燕瘦）；哇！這味道真野，是在說快找我交配；在蚊子身上，可能還有：Wow！這人嗜肉厭菜，體質偏酸，血液迷人。

嗅覺是縹緲的。我們畢竟不是徐四金《香水》裡，那位嗅覺靈敏的香水師葛奴乙。比起味覺、聽覺、視覺，嗅覺更抽象、更無以名狀、更易疲勞、消退，於是「入芝蘭之室，久而不聞其香；入鮑魚之肆，久而不聞其臭。」

但人們還是隱約有著某部分的嗅覺潛力。劉黎兒在蘋果日報寫過《外遇能用鼻子聞出來》，提到女人之鼻對於香皂或洗髮精特別敏感，足以鑑別男人是否在外洗澡；不僅如此，女人還可以嗅出男人體味變化。當男人有外遇，女人會發現他的體臭變得不那麼難忍。（難道女人是嗅覺動物？）或許因此，日本有種噴液罐，專給男人噴滅那些在外殘留的曖昧味道。

三、

不久前，門診來了一位護生。她因常在月經來潮時流鼻血，懷疑凝血功能異常而就醫。

「月經來的頭兩天，擤鼻涕都有血絲，我以為火氣大或氣候乾燥，可是一年到尾都這樣。」女孩說。

後來經過一系列檢查，發現是子宮內膜異位。原先該長在子宮上的內膜，跑來鼻腔。於是這內膜隨著荷爾蒙變化，以廿八天為週期，肥長，崩落，出血。

「那是經血呀！」我說。

女孩聽了很震驚，子宮內膜千里迢迢遷徙至鼻腔。事實上，關於子宮內膜異位的文獻記載還有卵巢、膀胱、腸、淋巴結，甚至肺。於是，在地球角落，有人以咳血標記月事。

女孩後來被轉介到婦產科與耳鼻喉科追蹤，彷彿她的鼻腔裡，有本月曆，每月每月紅著、撕著。

有天清晨五點，天光微亮，我因鼻塞難耐醒來，衛生紙一張張地抽，就此無法再入眠。一日就要這樣開始嗎？聽著壁鐘秒針清脆的滴答聲，我在床上翻來覆去，突然想起那女孩、那男孩。或許，我們在鼻腔各有各的計時器，以日，以月，以季，計數著青春的奔流、時光的絕情。

——原載二〇一二年八月《幼獅文藝》七〇四期

鬚張聲勢——誌鬚

我一直覺得鬍鬚是有思慮、或具想法的。

有回旁聽一節「醫師禮儀」的課。課堂中，講師從穿著、髮型、領帶、鞋襪……鉅細靡遺教導醫師如何從打扮樹立專業形象。

「把鬍鬚剃掉吧！」講師說。

小剛隨即分享一則被糾正蓄鬍的事。那是他當實習醫師的事。當年，他崇尚日本演員渡邊謙，蓄了一臉短悍的絡腮鬍，滄桑不羈，卻被一位留日教授痛批無精打采、有失專業形象。

小剛是我高中朋友，那時他就給人一種「毛」的感覺，體毛特別濃密，是會讓體蝨迷路的那種。十七歲就天天刮鬍子，朋友都暱稱他「虬髯客」。仲剛膚黑，鬍鬚一長，整片下巴盡是生命力，像雨後沼林。

小剛說完，大家陷入思索，鬍鬚真會影響醫師的專業形象嗎？

我們不約而同想起一位蓄八字鬍的主任，或許過於習慣他兩撇黑鬍的模樣，以致於想像當他剃了鬍後，好像有些權威、諳世的感覺就從臉上喪失了，是會讓人感到平庸、老智慧淡去。

我讀過一些中國傳說，那些解答蒼生惶惑的長者或仙人，往往有長垂白鬍。似乎這是一種睿智、沉著的標記，甚至是一道警語——告訴你他洞悉一切，你的慾望與血氣、短視與虛榮，逃不開他視線。因此你得安分，別逾越了輩分界線。

人鬚如此，動物鬚亦然。

我曾聽寵物店老闆說：貓鬚剪不得。據說，貓鬚根部神經發達，只要輕觸，便能感知風吹草動。甚至，神經連結至眼瞼，當有災禍，隨時閉闔，以護雙眼。

因此在貓身上，鬍鬚是警覺的，隨時都在思考，探查環伺的情勢。

而《三國志》裡有「捋虎鬚」一辭，拔虎之鬚，放肆膽大，後來引伸從事冒險之事。但從字面，鬍鬚似乎是神聖、不可褻玩的，對老虎而言，那是一種無聲的巨大權勢。

●

某個夜裡，我突然感到上脣一種既癢又曖昧的輕拂。矇矓睜眼，一隻蟑螂靜伏眼前，像雨刷擺動著觸鬚，估算我的一舉一動。

然後，我醒了，徹徹底底地醒了。接著開燈，按兵不動拿出拖鞋，就在這時候蟑螂開始移動，牠不走直線，而是搖擺著觸鬚橫衝直撞，緊接一個大迴轉，然後飛起來，停在衣櫃上，鑽進貼牆的縫隙，不見了。

我愣在氣氛僵硬的房裡，彷彿蟑螂世界中，有套分明的軍制——有些蟑不善飛行，鎮日徘徊陰暗管路，或打滾於廚餘桶，是陸蟑；有些蟑會在氣候驟變時，飛進居家樓台，是空蟑；還有一群蟑，我曾在東北角海岸看過，牠們慣於從岩縫中謀生，嗜鹽，抗風霜，那是海蟑螂。陸海空，蟑螂帝國的嚴謹軍制，向人類世界的角落部署著、滲透著，宣示蟑螂這等老油條，是演化史上的活化石、地球的主人，歷久不衰。

於是，這個夜很不安，大蟑一定躲在角落冷冷監視我。其實對於蟑螂的恐懼，我是有選擇性的。斷腳的、折翼的、圓小的、跛行的，我不畏懼，因為只要一踩，故事就結束；但我恐慌於飛蟑。飛蟑具氣勢，牠的路線是3D的，觸鬚長挺，腳毛如荊棘，光是模樣就先發制人。

我在床上翻來覆去，腦中不時重播方才大蟑擺動觸鬚的模樣——那是牠解構塵世、試探人間的方式。我以為，蟑螂之鬚，是靈魂所在，那擺動快的，代表思慮快、悟性強，是富攻略、深城府的。

那麼，牠會不會趁我熟睡時，從床底爬了出來，沿著足背、小腿、大腿內側，然後鑽進我的四角褲內？或停在大腿上，以觸鬚探索褲襠內在（喔，這是公的）？我想到就全身發麻。

曾看過一項以「蟑螂觸鬚」為題的科學展覽。學生準備一只紙盒，裡頭放花生粉與鉛筆屑各一小堆，顏色相仿，之後將蟑螂置於盒內。不久，蟑螂開始以觸鬚探觸這兩小堆物質，然後爬往花生粉堆大啖；之後，學生再將觸鬚剪除，此時有些蟑螂無法直接前往花生粉堆，可能先到鉛筆屑堆，淺嚐，發現人類無聊的惡作劇，才轉向豐美的花生香裡。

這實驗有趣，卻只說了觸鬚與嗅覺相關。關於觸鬚的傳聞，我聽過還可以感知費洛蒙、震動、溼度、空間、求偶慾等。然而最令我驚豔的，是一集以蟑螂為題的 Discovery 頻道。

報導說，蟑螂以觸鬚達成「集體決策」。最有趣的是，當一百隻蟑螂遷徙他方，假使這地方有五個藏身之窟，牠們便會透過觸鬚，彼此分配協調。當第一窟住滿卅隻，便往第二窟住；第二窟滿卅隻，便再往第三窟住。因此你能想見，第四窟只住十隻，第五窟則是空穴；一旦窟內繁衍過剩，便會重新分配，此時有些蟑被迫搬離，遷籍下個空窟。

那是一種國宅抽籤嗎？我感到不可思議，對報導存疑。那麼，與我同居的大蟑如何解釋？牠是在蒐集美食情報中迷途了？還是孤芳自賞，決定離群索居，投奔光明？

無論如何，這則報導告訴我：蟑螂以觸鬚撐起生活骨架，日子裡多數的訊息，都匯進觸鬚，那是生命之鬚啊！在牠們的世界裡，視覺反而不那麼重要。牠們過一種嗅觸生活，和人類的聲色生活很不一樣。

隔天早上洗臉時，我赫見鏡緣停了一隻大蟑，觸鬚長伸，應該是昨晚那隻。我放棄盥洗，因為一雙讓我發麻的觸鬚。

為什麼同是「鬚」之屬，蟑螂之鬚就有如此氣勢，讓人撤退？而人類的鬍鬚呢？單單只是一種性別裝飾，告訴對方我是男性嗎？有沒有可能，也是一種氣勢所在？

我想起有次帶兒童英語夏令營。那天，來了一位中東朋友。我對他的第一印象是，好笨重的鬍子啊！很賓拉登。厚厚一把，宛如大毛筆。

會後，我們幾位對阿拉伯世界陌生的華人，便帶他逛夜市、品嚐小吃，然後就聊到他的鬍子，比方蓄多久？如何清理？如何保持光澤？接吻呢？

「男人沒鬍子，就像貓沒尾巴。」他打了一段比方。據說，這是阿拉伯俗諺。好嚴重的口吻啊！在女權高漲的社會裡，我很難想像沙漠與駱駝的國度，女子蒙面，男尊女卑，鬍鬚是男性臉上的基本款，一種性別的權位。

曾經，鬍鬚帶著左派思想，比方馬克思與列寧；六〇年代，嬉皮族的鬍子隱喻著與社會對抗，存在一種作對勢力。

有天，我們和小剛的女友 Betty 吃飯，問她最欣賞小剛哪一點？她說：「鬍渣！」有人問為什麼，她說不上來，只知道喜歡鬍渣的膚觸——刺癢的幸福。

我或能理解她的幸福。有次，行經 Subway 潛艇堡店前騎樓，隔著落地窗，赫然瞥見一個昭示路人的親暱鏡頭：Betty 把臉頰貼在小剛的下巴，撒嬌，笑鬧地磨蹭，然後就接吻了（非禮勿視！我知道的，但還是忍不住多瞄一眼）。

曾看過一則英國新聞，調查發現生育年齡的女性，普遍認為「短鬍」男性是婚姻或一夜情的理想伴侶。長鬍過於拖泥帶水，淨鬍又顯得柔弱，只有短鬍，淺淺一抹，速捷、奔放、強悍，是蠢蠢欲動的陽剛，告訴女性：等妳來探索。

或許受到足球明星貝克漢的影響，近年來「型鬍」大行其道，但並非每個男孩都有本錢。首先鬍量要大，當蓄成絡腮鬍後，依據臉型，以刀修剪強烈線條。我的蓄鬍朋友大多留那種稀疏、自然風的短髯；少部分蓄山羊髯；帶著邪氣的八字髯，則幾乎沒人留過。

●

大蟑出沒後，我陸續幾次在屋角與牠不期而遇。但奇怪的是，一週過後，就不再遇見大蟑。或許牠已摸熟我的出沒動線、生理作息；或許牠感到這裡家徒四壁，不是一座合格的糧倉，決定轉換據點；也或許牠認為不需虛耗光陰與我相抗，生命該回歸自助餐廳外，那美好大方的餿水與廚餘。

有天，我決定清洗廚房。抽出冰箱底盤時，赫見兩顆蟑螂蛋，圓潤飽滿，宛若兩枚設定時程的未爆彈，預計迸出千萬小兵。我思忖：是大蟑產下的嗎？還是另有母蟑進駐？我想到那隨時乍現的觸鬚，就感到一陣疙瘩，那是不可解的蟑界聲勢。

有時，我會想起人類之鬚的功能薄弱，不過，對熱戀中的 Betty 與小剛而言，這會是例外，因為他們正藉鬍鬚感受彼此的費洛蒙、體溫與心律，宣告著一種滔滔而來的，愛的聲勢。

——原載二〇一〇年十月十一日《中華日報》副刊

脣脣欲動——誌脣

我們身上最具可燃性的器官大概是脣。

這是一種慾望的可燃性。脣是蕊心，被慾火點燃，像蠟燭一樣，全身炙熱地燒著。

一、

國中時，有天隔壁班的小象來我們班「募集」數學習作。我不認識小象，但知道有這個人。因為隔壁班要檢查作業有無完成，許多同學未寫，小象靈機一動，乾脆來我們班借現成的應付。我的數學習作就這樣被徵召了，借給誰？不知道。

一節課後，數學習作準時歸還。我打開翻閱，檢查是否被人畫記，卻意外發現一張小包裝紙。那是當時還算流行的 Andes 薄荷巧克力。這巧克力呈長條塊狀，薄荷夾心，微甜淡涼，以青綠色、亮面包裝紙封裹，數十枚入一紙盒。

我心想：Damn it! 借別人的書，沒回謝就算了，還留下吃完的包裝紙。垃圾也該自己清走吧？太誇張了。

但當我挑起那包裝紙，赫然發現背面寫著：I love you。仔細看，字後還有一枚淡淡的脣印，像抹過脣蜜親上的。

是誰的脣印？惡作劇嗎？有任何暗示嗎？是那位女孩的脣？還是其實是男孩的？

這件事在我心中不斷壯大，陷入無止盡的幻想：到底是誰的脣？是誰想和我間接接吻？這脣印應該帶有意圖，沒人會這麼無聊吧？事後，我問小象，她說當時隨機分借，並不清楚借給誰，但會幫我查問。

我等著她的回覆，然而一禮拜下來，什麼重大突破也沒有，生活照舊，脣印就此成為懸案。

後來我並沒有丟棄這張包裝紙，反而小心翼翼地收藏在抽屜裡。

二、

高中時，有次生物課提到脣，老師問：「脣有什麼功用？」全班幾乎口徑一致：接吻。

「還有別的嗎？」老師追問，但台下一片安靜。

接吻，那是脣的精髓呀！每一枚魅惑的脣印，背後都有一則吻的故事，承載深淺不一的愛意。

「脣還有其他功用嗎？」老師再問一次。

台下仍是安靜。後來老師陸續提到進食、吹口哨、臉部表情等。而更進一步認識脣就是大學的「組織學」這堂課了。

課本說，脣的表面是由一種名「複層鱗狀上皮」（stratified squamous epithelium）的細胞所組成。和臉部其他皮膚比起來，唇的細胞「層數」只有三到五層，顯得相當薄，加上唇含有較少的黑色素細胞（melanocytes），因此其下血管較易於體表呈色。唇於是色系粉嫩，和臉部其他膚色不同。在黑人身上，由於唇含較多黑色素細胞，因此唇色偏暗，甚至轉為紫色。

所以唇色即血色、即氣色、即健康狀態，是有根據的。缺氧時，血色轉暗偏紫，唇便發紺；而貧血病患，血色素不足，唇則偏白。

唇把血液裡某些狀況透露出來，但本質上卻是一個感覺器官（sensory organ）。它是觸覺性的，佈滿許多神經末梢，敏於輕觸與冷熱。有學者甚至指出，受性刺激時，唇會脹大。

令我印象深刻的是，曾讀過一本解剖參考書，書中以erogenous（性感的）這個字形容唇。曾有人類行為研究發現，雌激素會使女人的唇更豐潤，散發致命的女性魅力。研究者也認為，唇的性吸引力在於它是一種生物指標（biological indicator），告訴男性那樣的唇代表一位女性的健康與生育力；而在男性，唇同樣也具性吸引力，特別是那肌肉感的唇。

英國曼徹斯特大學做過這樣的研究：男女初見面的前十秒，男性平均有五秒是凝視女性的唇。頭髮與眼睛的凝視時間均不及兩秒。而且女性一旦抹了口紅，男性凝視時間增為七秒。其中，紅色口紅勝於粉紅口紅。

這研究其實只想說一件事：脣，是性吸引力的。但所有脣都能散發性感的訊息嗎？我想到一句話：尖嘴猴腮。那是怎樣的脣構成的嘴？

曾有段時間，整脣成風尚。我在整型外科跟診時，有次遇見一女子，她自嫌脣乾癟暗淡，一種苛薄在臉上揮之不去。因此，她希望脣豐厚、有光、甜蜜感。

「我要一個 Angelina Jolie 的脣。」她說。

但同樣的門診，卻有不同的脣故事。

有次遇見一女孩。當她還是嬰孩時，就因脣顎裂（兔脣）進刀房手術。她鼻翼坍陷、上顎裂解，嘴脣遺失了一角。在她成長過程中，沒有「吸奶」這件事。在「吃」與「說」的事上，更是辛苦，滿是溢流與滲漏。這次就診，是希望尋找再次修補的可能。

或許，她從未想過脣有性吸引力的功用。但，也只有她最懂得脣最初的功用：簡單的開闔，簡單的進食，簡單的滿足。

三、

前陣子我到香港度假，某日逛進銅鑼灣某間 mall，一位化妝品專櫃店員叫住我。他講了一串我聽不懂的粵語，正當我搖頭準備離去時，他改以普通話說：「等等，先生。」

後來才知道他要介紹我一種男性用的口紅，色系有兩款，一款偏棕咖啡，一款偏藍紫。

這也太怪了，我像會化妝的人嗎？我心想。

「不奇怪，這款在英國很流行。」他說，並邀我試用。

我終究是婉拒了他。畢竟我還是不習慣脣上搞花樣。但他讓我想起曾在日本喧騰一時的口紅廣告，代言人正是木村拓哉。據說，這支口紅後來大賣。

似乎，男性的脣漸漸開始被注意。我依稀記得，不久前，藝人吳建豪演出《愛上巧克力》，其中有段吻戲，由於鏡頭近距離拍攝他的脣，不少影迷發現：他的脣會抽動，脣中有戲！

在極私密的脣語裡，揣測開始發芽。吻戲總會讓一些演員，彼此關係有了質地變化，不少演藝版的風雨都從此開始。從脣開始。

脣呀，如蚌殼；慾望呀，如吸盤。一張一闔，故事將待續。於是我想起當年那張留有脣印的巧克力包裝紙，這謎底何時才能解開？

一切都是脣。

於是星星慾火，點於脣，可以燎原。

——原載二〇一二年十月《幼獅文藝》七〇六期

扼口——誌口

嘴巴張開。

啊。再大一點，不行，舌頭擋住了，放輕鬆。

H1N1持續橫行，我重複著繁瑣的採檢流程。防護衣、手套、N95口罩、帽套、護目鏡……防備一層覆上一層。常常，我感到呼吸有些窘迫，眼鏡起霧，髮根潮濕，笨重地踏進隔離病房採樣。

以前簡易的喉頭取樣，如今變得囉唆沉重。我拿出壓舌板，輕壓舌頭，病患有點想作嘔。接著以筆燈探照口腔，隨即拿出咽喉拭子刮抹取樣。

還好病患是成人，配合度高，採檢過程順暢。我想起先前在兒科病房，喉頭採樣頻繁又緊張。小朋友或哭、或踢、或鬧、或緊咬壓舌板、或牙關緊閉，他們鮮少合作，或許在被綁、被制伏之後，只能視口為最後防線，力抗白袍，誓死也要捍衛口腔。

約莫那小小年幼，人類便懂得扼口，一種生命的主權宣示。

●

「來兒科，先學會打開他們的嘴。」我始終記得實習時，一位兒科醫師和我說。那時，同學間曾彼此練習喉頭採檢。

嘴巴張開。

我拿出筆燈，光線照出一枚垂晃之物。這是懸壅垂，小小的葡萄，彷彿有只彈簧裝置其內，在呼吸與吞食間精巧升降。

懸壅垂過後是咽喉，肅穆地扼守口腔最深層。不容干犯，不允嬉鬧。筆燈探照其上，是瞪視的反光，一種噤聲的警示。當色澤轉而紅豔，是發炎的記號、疼痛的色度。

筆燈往上照，這是顎，口腔的天花板，紅潤的天幕；往旁照，是扁桃腺，口腔世界的保全系統，以化膿與腫大，暗示感染的劫數。

往下照，舌也，善變而靈巧地伸動著。仔細看，舌上布滿眾多乳突，味蕾萬千，酸甜苦鹹於此共榮。生命的滋味。讚美與咒詛都來自同條舌根，禍端與祝福於此共載，善緣與惡緣從此締結，這是口腔裡最聖潔也最邪惡的一塊肌肉。這裡，有人的挑剔和憎愛，有人的饕餮和品鑑，華麗又齷齪。

環照四周，這是齒。臼齒、犬齒、門齒、智齒，或蛀、或闕漏、或結石、或牙斑，齒縫間盡是一則則衛生隱喻。當牙色偏黃轉而黯淡，我知道這是關於尼古丁的深陷、癮的無可自拔。不只是齒、牙齦，還有之外的口腔黏膜。我曾在愛滋寶寶身上，看見一張鵝口瘡的嘴。白霧病灶散生口腔，開了一口疼痛的豆腐花，後來證實是被念珠菌感染。但寶寶不懂得訴說疼痛，僅能閉口拒絕食物嚥下，薄弱地哭鬧。

筆燈關上，口腔暗去，視覺以外的是難以捉摸的口臭。

口腔，這異色而迷亂的天地，唾液於此漫流，食渣於此肥沃，微生物於此繁衍，細菌、真菌，甚或浮游生物，各自伸張生存野心，一座激躁的亂世。我曾閱讀過一篇報導，指出口腔內細菌約略三百多種。原來，我們都含著一個生態，咀嚼一座不安的世界。

口腔還有自己的年齡。我曾在一本雜誌讀到「口腔年齡」的理念，作者是位來自大阪牙科大學的教授，指出藉由蛀牙、牙齦顏色或質地、發炎狀況、齒齦結合、牙結石等衡量標準，計算口腔年齡。

嘴巴張開。

啊。乖，要聽話，等會才有糖糖吃。再不聽話，就要打針。

在兒科受訓那陣子，我看過孩子一張又一張的嘴，有人舌頭紅腫，狀似草莓，猩紅熱或川崎症的線索；有人滿嘴水泡，遍口潰瘍，腸病毒暗忖於心。誘之以利，恫之以刑，看著孩子被哄、被騙，才勉強張了小口，我能理解，因為我也曾是那哭鬧抗拒的孩子。即使成年，仍厭惡任何器物伸入我的口腔，特別是壓舌板。那鎮壓舌尖的，總顯得暴力，因為舌尖上有憤怒、論斷，也有一支民族的語系。

又如吞胃鏡，這簡直是侵略。至今我仍無法忘記吞胃鏡的作嘔、難耐、飽脹。我乾嘔了幾回，感到胃即將翻出，深刻體驗到自己強烈的咽反射。只要異物輕觸咽後壁，我便感到劇烈惡心。

作嘔，本性的反撲。

●

嘴巴閉上。

什麼都不要說。

有天值班晚上，我在走廊上聽見男子和孩子叮嚀，要他對阿嬤的病情封口。

膽管癌末期，肺轉移。血色素低。白蛋白低，腹部及下肢水腫，嚴重營養不良。

「醫生，她還不知道病情，我們不想讓她知道，希望她沒有痛苦，沒有掛慮……」家屬和我說。

阿嬤氣色差，對我的問診不發一語。家屬說她脾氣有些倔強，可能因為久病，有些憂鬱。

嘴巴張開。

啊。你要吃飯。家屬在旁哄阿嬤吃飯，但她食慾一直不好，惡心嘔吐是常事。我向家屬解釋插鼻胃管灌食的必要性，但阿嬤摀著嘴，遮住鼻，拒絕鼻胃管的插入。

阿嬤始終不知道自己的病，也未曾索問，或許她倦了，疲乏了，痛慣了。我注意過她的眼神，不是臥床老人那種分散的恍惚，而是凝聚的陰鬱。眼裡有許多抗拒，想迴避，想撤退，是清醒而飽含思緒的。

我在病歷簿首頁貼著一張字條，寫著「病患不知病情」，並提醒醫護，接觸阿嬤應有的言語戒慎。

「寒暄就好，病情一字都不要提。」

嘴巴閉上。

當上住院醫師以來，我曾幾次被要求封口、演練善意的謊言。除了癌症，那些疾病與病史背後，往往包藏著嫖妓、吸毒、竊盜、走私或虐童。這謊言，用善意包裹惡意，混淆不清，拉鋸對峙。

我克制唇舌，收闔情緒，在道德與典章間，也在實情與信賴間。

「我以前吸毒，現在改玩大象（一種麻醉藥），沒錢了嘛！這個不能寫在病歷上。」

「我上個月去泰國嫖妓，只有口交。這只和你說。」

曾有主治醫師和我聊到，一名病患驗出HIV陽性，要求保密，並保證不與妻有性行為。後來，主治醫師決定告知患妻真相，並通知她應受檢HIV。然後，是一場婚姻的碎裂，家庭的毀滅。

嘴巴閉上。

什麼都不要說。

「她不知道病情。」

那晚，我又聽見男子和護理人員叮嚀，關於阿嬤病情的封口。

嘴巴張開。

啊。不行，什麼都看不到，麻煩再張大一些。

有天值班，我正為一位鼻咽癌經電療的病患採檢。他的口腔很窄，嘴張不到二指幅，嚴重纖維化。這使我想起實習時，曾遇見一位呼吸衰竭的阿公。當決定緊急插管時，阿公口緊閉，後來勉強撐開，卻吐出一灘墨綠汁液。費了一番功夫，插管終於成功，接上呼吸器。讓機器掌管呼吸。

總會有些口腔特別窄小，讓我無意間想起。暗去的視野，隱現的構造，似乎都有著堅持。堅持，更在口腔外表。

有次，一位口腔癌病患和我聊到，他寧可其他器官長癌，也不願口腔長癌。我望著他削去大半的臉頰，盡是皮瓣移植的紋路。那滴著湯汁與血水的病灶，把病痛與折磨襯得鮮明。厚重紗布層層堆疊，卻難掩潰爛之口——生命美感的要關。他緩緩吐出幾句話後，嘴巴閉上。沉默。與我對望。

彷彿閉口以後，腥臭可以緊緊密封，情緒可以靜靜消化。

嘴巴張開。

「難過就說出來，沒關係的。」社工對他說。

嘴巴張開。

啊。再張大，你要吃飯。

幾天後，當我來到阿嬤身邊，看護正試圖以碎豆花餵食，但阿嬤始終不張口。即使勉強吃了幾口，便又吐了出來。她開始力抗美食，與肚腹作對。不久陷入昏睡，心律不整，呼吸淺快，血氧濃度不足。

「讓她順其自然吧！我們不要急救，不插管、不電擊、不心肺復甦。」家屬說。

我想著家屬口中的「不插管」，鏗鏘而堅決。或許人老了都要守住口，拒插管是最後的防線、最後力薄的抵禦，即使隱含了放棄。

那個清晨，血壓漸降，心跳漸趨緩慢，阿嬤終究是離去了。沒有人硬生生扳開她的嘴。她扼住了自己的口，靠著面罩勉強擠壓空氣呼吸。微薄殘喘裡，扼守尊嚴與寧靜。留一口氣回家。

然後，嘴巴永遠閉上了。

●

嘴巴張開。

啊。很好，忍耐一下，有點不舒服。

至今，H1N1疫情尚未控制，因為工作關係，我仍不定時接到疑似案例，得全副武裝進行採檢。望著那口腔，我總訝異：這方寸大的腔室、幾句舌尖話語，竟可唧起紛爭、叨來災禍、吐出悲劇。

有人說，腦為人之首、生命之中樞；也有人說，心為人命之所在；我則感到口為人之要。

氣息之口，肚腹之口，言語之口。挾喘呼，扼嘴慾，守密情。在這病毒動亂、飛沫都充滿不確定性的時節裡，口更關鍵著一場人類瘟疫。未知的劫難。

於是，早自初出嬰幼，老至日暮垂矣，人們扼口，保住一口氣息，留出生命的通道，故事的出口。

——本文獲二〇〇九年第卅一屆聯合報文學獎散文大獎
入選九歌《九十八年散文選》

齒寒記——誌齒

牙痛。

清晨起床後，我就感到齒槽醞釀著一場暴動，以斧以矛，鑿著又鑽著。忍著牙痛，上午處理病房鎖事，下午上門診，由於無法找到臨時職務代理人，我草草吞下止痛藥，想著撐到下班就能看牙醫。

三年前，我隱約知道左上第二大臼齒已不保。那次拔完智齒後，牙醫師警告我：這牙蛀得深、恐難保存。她的語氣像在預言危樓有朝一日的坍塌。

經過討論，牙醫師先試著替我進行根管治療。起初我很配合地回診，後來因為繁亂的值班，無法按時回診，逕自斷了治療，以為一日三餐加睡前勤刷牙，搭配氟化物，能遏止蛀齒之勢。然而為時已晚，牙是蛀了，越陷越深。

說來慚愧，身上各部位我略有涉獵，且斤斤計較於疾病細節，惟獨齒，是生疏冷落的。

在台灣的醫學教育體制裡，醫、齒是分家的。醫學系和牙醫系在醫學院裡被分隔出來，齒以外的事由醫學系管轄，臨床上僅有部分重疊，比方耳鼻喉科會管到口腔黏膜、整形外科會涉入口部重建手術。

門齒、犬齒、小臼齒、大臼齒，四種牙型精密地各司其職——切、撕、磨，頂多再加上無特殊用途又神話性的智齒，人體最多不過三十二顆牙。但也有例外，國內就有報導，一位國中男生因缺牙，經醫師切開牙齦，赫然發現齒槽內擠藏了卅多顆牙，總牙數逾六十顆。這種多生牙原因不明，一般推測與牙胚分裂出軌有關。

在這四種齒型構築的天地裡，牙科竟可細分口腔顎面外科、保存科、補綴科、牙周病科、齒顎矯正科等，在醫院自成一國，用自己的術語與註記方式書寫病歷。或許因為醫、齒分家，我對牙科概念淡薄。整整七年的醫學課程，只上過一學期、兩學分的牙醫學概論。那幾堂課，我們粗略認識了牙菌斑、牙周病、牙結石、植牙等，也唸了一些與拔牙相關的疾病，比方心內膜炎（endocarditis）。

我是那種上課只記得住軼事、笑話或是非的人。因此上完牙醫學概論，留存於記憶的「正事」屈指可數。有次，老師聊到牙齒的性別。她行醫多年，光看齒就能猜對八成以上的患者性別。她在課堂 power point 上放了對照圖，男牙稜角分明、陽剛方正；女牙線條柔和、溫順秀氣。性別就在齒間雕刻著！

除了牙齒的性別感，我還選擇記憶一些冷知識，比方柯氏斑（Koplik's spots）。這是一種口腔黏膜病灶，發生於麻疹病患身上。通常開始發燒三天內，第一臼齒附近的黏膜會出現白色斑點，此即柯氏斑，約莫一天時間，斑點就消失了。

我深刻記憶柯氏斑，全是它那神祕的「定位」本質——為什麼一定要在第一臼齒旁？它悄悄來，綻在口腔深處，又悄悄離去。彷彿是疾病的哨兵，一記暗號，一封給醫者的私家書。有陣子歐洲流行麻疹，一位赴法見習的朋友告訴我，他們醫院的醫師若遇感冒症狀者，常規檢查有無柯氏斑。在台灣，由於麻疹疫苗普及，安逸的公衛下，檢查柯氏斑並不多見。

牙痛越演越烈，終於捱到下班，錶面是晚上八點，逼近診所打烊時間。我向朋友探聽到一間技術精湛的診所，趕到，掛號人員說這時段已被預約，必須等到九點過後，才可能輪到我。

我心想：反正是拔牙，就像看感冒，是牙醫的基本功，應該不用特地指定醫師，索性沿街找去。就在大馬路上，看見一間裝潢明亮、設計現代感的牙科診所，我走進去了。

「第一次來嗎？」掛號人員問我。

「是，牙痛。」我說。

「麻煩填一下基本資料與過敏史。」

我填了資料，其中一欄是職業。要填醫師嗎？她們會不會覺得怎麼醫師連自己的牙齒也管理不好？或許因為心中有這樣的控訴，我踟躕了一會，決定隱藏身分。

其實這樣的經驗已非第一次，我看病向來如此，不在自己工作的醫院看，喜歡化身百業庶民，在職業欄撒個小謊，填過翻譯、學生、服務業、書店店員等。這和以前當醫學生的我很不一樣，那時看病，我急於展露所知的英文醫藥字彙、片段的醫療知識，想告訴同業我是馬虎不得的；但現在完全不會，我習慣低調，冷靜地包藏自己，不給醫護壓力。

在職業欄填上公務員（我在公家醫院上班，說公務員也無誤），我遞給掛號人員後便上樓。一位年輕男醫師走來，笑說：「拔牙嗎？我先看一下，這邊坐。」

他長相帥氣，打扮鮮亮，卻低聲客氣。但不一會兒，我聽見他和女助理的對話，有那麼一絲調情的味道，搭配他的外貌，此時讓我感到些微輕浮、不是很放心。我開始思索他一連串過於客套的招呼，是不是想轉移什麼？或稀釋什麼？

就信任他吧！我心想：這麼晚了，有人願意捨棄私生活，在診所替你拔牙，也是好意一樁。

照完口部X光，他端詳一下，我便躺上治療椅，張口，燈光打來一片金亮，口水窸窣地被抽吸著，只聽見器具鏗鏗鏘鏘，拔牙於焉展開。

我口開得有些痠麻。這是一場拉鋸戰，和先前拔牙很不一樣，時間長上許多，我的齒被畫成三份，分次拔除。

「嘖——」

我依稀聽見他的嘆氣，器械反覆敲鑿，電鑽聲隆隆，血漬沾滿他的手套，讓我預感到這場拔牙的層層駭浪。

近半小時後，「好囉，一週後回診讓我追蹤。」他說。我被吩咐咬住紗布止血，並在臉頰上冰敷，領取藥物後便返家。

一小時後，我取下紗布，試著輕柔漱口，突然感到鼻頭一陣沁涼。

糟了，怎麼水淹來鼻腔？是不是有什麼結構從此改變了？我的解剖學知識告訴我，上頜鼻竇（maxillary sinus）比鄰齒槽而居，一樓上一樓下，該不會方才拔牙時，鑽來鼻竇了？

時間已近十點，我打給診所，無人接聽。於是緊急聯絡一位口腔外科醫師。他叫阿登，是我高中朋友，與我同屆，那晚恰輪他值班。

「我想可能牙根過長，容易穿破鼻竇。這種牙不好拔，易有併發症。」他說。

我點頭。阿登拿出器械，打了麻藥後，便邊縫補，邊向我解釋上頜臼齒拔除的風險。我能理解，這是拔牙的進階版，並非所有拔牙都是單純的槓桿原理、都像想像中的奮力一摘就掉了。

阿登囑咐我，未來三個月是洞口癒合關鍵，因此要避免使用吸管，也禁止用力擤鼻涕。

隔天，我打電話給診所：「你好，我是昨晚來拔牙的。」

「你是黃醫師啊……」

我很訝異，他怎麼知道我是醫師？整件事他瞭若指掌。原先我想討論日後照顧問題，但電話裡圍繞的重點是：這牙不好拔，但破洞有七成以上的癒合機會。他要我回去複診，若因癒合不佳動用口腔皮瓣手術，所有修復費用他會支付。

他很強調會支付日後的醫藥費，但其實我並不在意費用。我知道醫療難免有失誤，只期望洞口順利癒合。

其實知道這事、說出這事的大概只有阿登。後來我才知，他認識這間診所的牙醫S。事發那晚他將經過告訴S，S隔日又告訴幫我拔牙的醫師。一種蛛網般的人事脈絡，在醫界綿稠地鋪設著，很快地，這事就傳開了。隔日傍晚，我接到一通電話。

「聽說你去拔牙，鼻竇破了？」

是失聯多年的小光，一位在台北牙科診所工作的朋友。連他都知道了。事後，我回到自己工作的醫院，在一位教授的門診追蹤，並過了一段沒有吸管的日子。如今，當初拔牙鑽破的洞早已癒合，有時飯後，舌頭舔到那塊空缺的齒槽，我會想起這段拔牙記，然後聯想古人曾說：「輔車相依，脣亡齒寒」，於我而言，齒寒則鼻竇亡。

——原載二〇一二年七月《幼獅文藝》七〇三期

莫迪里亞尼的頸——誌頸

一、

莫迪里亞尼來了。

二〇一一年夏，我趕著展期最後幾天，去高雄美術館參觀莫迪里亞尼的畫展。

阿瑪迪歐・莫迪里亞尼（Amandeo Modigliani，一八八四～一九二〇），是廿世紀初知名巴黎派畫家，生於義大利，猶太人。他從小多病，肋膜炎、肺結核、肺炎……從這些病名，讓我感到他有個千瘡百孔的肺。十四歲開始學習素描，十八歲習繪裸女。十九歲遷居威尼斯，並染上毒癮。後來因嚮往巴黎的薈萃藝文，廿二歲決心至此拓展生涯，也結識許多新朋友，上酒館，去妓院。他是那種今朝有酒今朝醉的人，缺錢了，就變賣畫作，然後花掉。只是風流倜儻的背後，其實躲藏著貧窮、疾病、吸毒、酗酒。他的人生充滿衝突，結合天賦、毀滅、浪漫、悲劇。有人說他是惡棍，也有人欣賞他燦爛即逝的才情。

第一次世界大戰爆發後，莫迪里亞尼認識了南非作家Beatrice Hastings。這是一段暴烈的情史，愛怒無常，據說Beatrice Hastings曾咬傷他的性器，他則憤而將Beatrice Hastings推出窗外。卅三歲那年，莫迪里亞尼舉行了首次個人畫展，然而過多裸女畫作，在保守的當時，竟被迫臨時撤展。

我向櫃檯租來導覽耳機，一邊欣賞創作，一邊聽取這位藝術家的人生章回。不知不覺走到畫廊尾端，一幅巨型裸女畫正懸中央。

這幅畫名「橫躺的裸女」（reclining nude），深色的背景把肉體襯得鮮明——黑濃的杏眼、曝露的乳房、分明的陰毛，不同於文藝復興時期唯美聖潔的裸女圖，他的裸女動作嫵媚、表情疲憊，充滿色慾的暗示。

不久，解說員來了，一群聽眾也跟著來。解說員開始闡釋一幅畫，名為「白衣領的年輕女子」。據說畫中女子名Simone Thirioux，是莫迪里亞尼的小三，下場難堪，為他生了一子，但莫迪里亞尼卻否認這孩子，並與另個女人結婚。

我仔細觀察這幅畫，Simone Thirioux 身著銅黃上衣，髮色棕紅，背景色介於咖啡與紅之間。暖系的佈局，卻是無朝氣的人像——眼神空洞，表情平淡，頸部拉長，如同垂死的天鵝。

接著牆上一連幾幅畫都如此，好像缺了什麼，畫面上只是一種線條的流動。我放慢腳步，端詳此區畫作，除了最顯眼的長頸，還有幾點特色：抽長的臉、櫻桃般的唇、下垂的肩，以及一雙無眼珠子的眼。

「當你忽略人的五官，轉而注意起拉長的頸，那是因為一雙空洞的眼，不再是靈魂之窗，於是你的視線就轉來到頸上。」解說員正說著。

好長，好嫩，好有流動感的頸啊！我盯著那些畫作中的頸，似乎有什麼故事。

二、

拉長的頸。

我想起曾在電視看過「長頸族」的報導。他們是泰國北方一支少數民族，人口不到三萬。這族的女性，五歲時便在頸上套銅環，起初三、五個，之後每隔一段時間就再添加，成年後頸上都有十多個環，乍看之下頸部纖細前傾，宛如禽鳥。她們一生套著銅環，除了結婚、生子及辭世才將環取下。

然而長頸族女性真的頸部較長嗎？有學者做過研究，進行頸椎X光檢查，發現她們的頸長和常人一樣，但長期的銅環重壓，使得肩部骨骼塌陷，造成視覺上的長頸錯覺。

對一位醫學生來說，頸也是拉長的。一種分量與比重上的拉長。

在解剖學課本裡，比起胸部、腹部、骨盆這些大區塊，頸短短幾公分，卻能獨立於一章節。

頸被獨立出來講述，係因過多重要零件於此穿行：血管、神經、淋巴、肌肉、脊椎、食道、氣管、甲狀腺。

甚至有肋骨於此穿行。

有次我輪外傷急診，一位車禍病人照完X光後，從影像檢視肋骨有無斷裂，赫然發現多一根肋骨，且位置偏高。怪了，怎麼原本從胸部發出的肋骨會從頸部發出？

原來這是頸肋（cervical rib），是第一肋骨上方額外的肋骨，從第七頸椎發出。大約五百人之中，就有一人會有頸肋的變異。

解剖課本在頸部章節第一段寫道：「The neck is the major conduit between the head, trunk, and limbs.」（頸是頭與軀幹和肢體間的主幹道。）我喜歡「major conduit」這個措詞。頸宛如國道，是生命的連接詞，是命脈的隱喻。

因此比起割腕、燒炭、吞藥，「自縊」這種直搗major conduit的死法，自然是堅定而激烈的。大六那年的法醫學課堂上，有次談到自縊的遺體變化。法醫教我們從頸部勒痕、臉部鬱血、屍斑位置等，區分高位或低位自縊。我看著那些圖像，充血的眼、浮腫發黑的臉、掙扎後的撞傷，死狀中夾藏濃濃怨氣，讓人發寒。

所幸這些圖像僅止於法醫學。在醫院，頸有更多的實務意義。比方急救。評估心搏不是觸摸心臟，而是以頸動脈跳動為依據。人們也習慣以觸摸頸部的動作，代表一種生息的評估。

又如氣切。

「準備氣切！」耳鼻喉科實習那陣子，我常在開刀房聽見醫師這樣喊著。頸部正中線先被割出一個直向刀口，撥開肌肉層，鑽開氣管軟骨，撐大，置入氣切管。氣切於是完成。

短短幾分鐘，頸有了新路。對技術熟練的主治醫師而言，氣切不過是家常便飯，但有次我們遇到一位狀況不穩的病患，整個氣切過程血壓、心跳、血氧上上下下，戲劇化地起伏。

然而我以為頸部更戲劇化的是各樣腫塊——先天的、正常的、發炎的、腫瘤的，集合人生的無常。

頸部腫塊不一定是惡性的。唸醫學的人大概都背過這樣的口訣——百分之八十法則：四十歲以上的人當發現頸部硬塊（甲狀腺除外），百分之八十是腫瘤；而腫瘤中又有百分之八十是惡性的；而惡性中又有百分之八十是轉移來的。但當腫塊發生在小孩頸上，卻多為良性。一種法則在頸部暗行著，年齡成為良性與惡性的主宰。

不過，醫學的事太嚴肅，對於頸，人們更在意的是圍巾的綁法、領帶的品牌、項鍊的礦種。那個秋季，我的朋友小剛收到女友從尼泊爾買回的百分之百喀什米爾羊毛圍巾。即使天氣並不冷，他仍將圍巾盤在頸上，走過城市紅磚道，輕薄柔順，隨風飄逸，宛若一場夢。我們告訴小剛，圍巾不是讓你保暖，而是要把你緊緊套住。這是暗語，不是物件。擁有頸，就能擁有一個身體。即使在愛裡，如此像隻寵物被牽繫著，卻甜蜜甘願。頸的意義在小剛的心中不斷抽長。

三、

畫展已盡，莫迪里亞尼的生命也已盡。我走進出口旁一間小放映室，裡頭正播放他的生平回顧。我選擇一條長椅坐上，當作這次參展的完結。

影片旁白說，在莫迪里亞尼人生最後三年，他認識了一位十九歲的女學生海普頓。海普頓的父母相當反對這段戀情，但她深愛著莫迪里亞尼，即使曾被他抓住手腕、拉扯髮辮、往公園牆角猛然一撞，仍為他生了一個女兒。

莫迪里亞尼晚年為病痛所苦，過世後一天半，海普頓便從自家公寓跳樓自盡，當時懷有身孕。

一起走。一起燦爛，一起滅亡。

那是真愛嗎？我思索他淒美又殘忍的人生。

走出美術館，莫迪里亞尼最後留給我的，還是畫作裡那條拉長的頸。然而我知道，那拉長的頸，更多時候是因為有雙茫然、絕望的眼，而那雙眼正看著一段分不清天賦與咒詛的，模糊人生。

——原載二〇一二年四月《幼獅文藝》七〇〇期

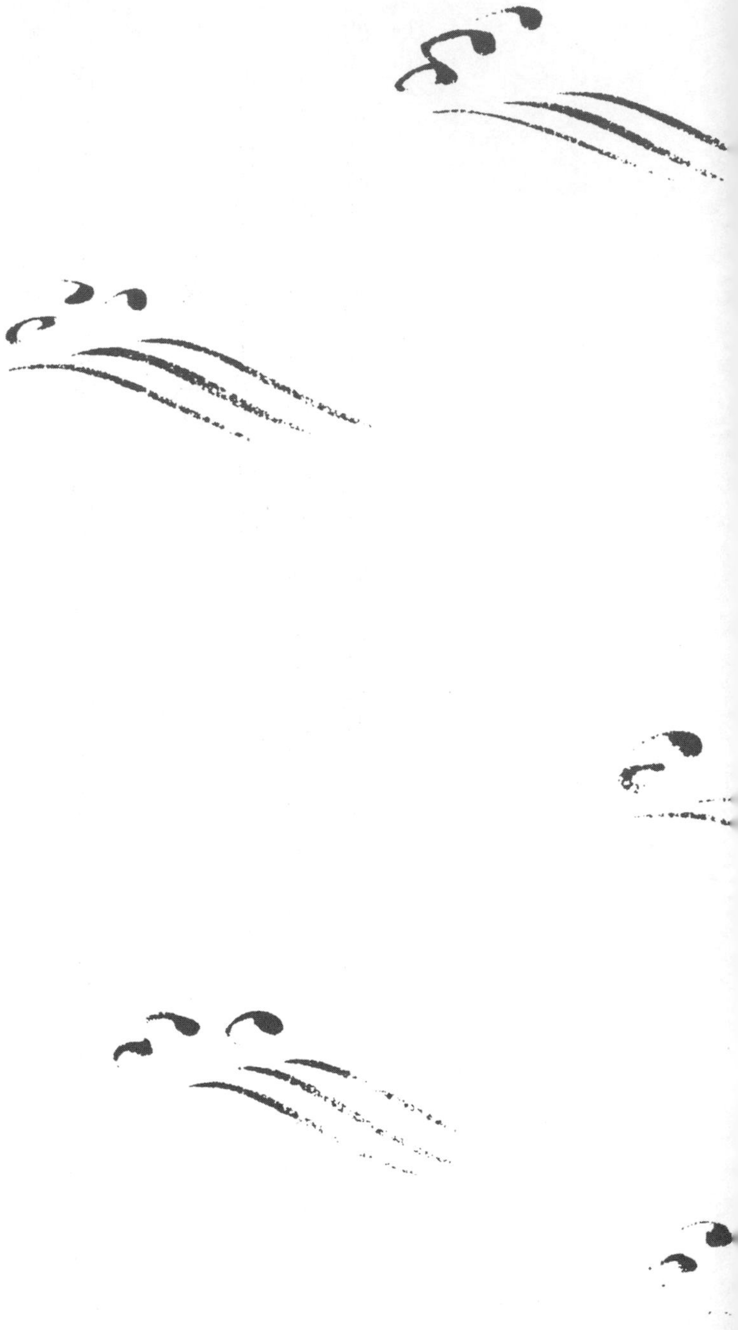

卷二

胸腹部

乳觸——誌乳

「車禍，汽機車互撞。病患目前生命穩定，臉部一處三公分撕裂傷，四肢多處擦傷。」我隱約聽見對講機裡，一一九人員這樣交班的。

輪訓急診外傷時，有天情勢膠著，連續多樁意外：工地墜落的、雷擊的、家暴的、鬥毆互砍的、虐童的……把秩序打亂了。接著一位看似國中年紀的男孩，酷酷的，被頸圈固定，躺在擔架上被送來。由於診區擁擠，我將他推往隔壁閒置的小手術室，開始進行評估。

「胸部有沒有撞到？」我問。他搖了頭。

「不好意思，聽一下。」我拿起聽診器，毫無思索地就放在他胸前。嚴格來說，步驟並不標準，當下沒有將他的T恤掀開，逕自隔衣聽取呼吸音。

當我放下聽診器後，察覺手感有些突兀，數次調整位置，聽診器總以一個角度傾斜著，呼吸音略模糊。我索性掀起T恤，一來準備貼膚聽診，二來檢視胸前有無外傷，卻赫然發現T恤底下隆起兩瓣綿柔之丘。

不會吧？我趕緊收手，拉回T恤。她愣了一下，瞥我一眼，不吭聲。

「等會照X光，了解有無骨折。」我簡單作結，便將病患推回診區。

帶著疑惑，我翻閱病歷，身分證字號為2開頭，而我就這樣莽撞地觸摸一位女孩的乳房！我感到懊惱，特別是方才花不少時間調整聽診位置，幾乎碰及大片乳房，而更致命的是：空間內只有我們倆。

因為她削染一頭短髮，七分褲，搭配那款小豬代言、深桃色的BIG TRAIN潮T，舉動倨傲，以致於我完全沒想到她會是一個女孩。

之後的時光，失焦渙散。我從沒一次值急診，如此神魂不定。我總是分心地、不時轉頭注意她的反應。

她沉默地躺著，若有所思，不知是個性緣故，還是正反芻方才被觸乳的荒謬？幾十分鐘過去了，她依然安靜躺在床上。不久警察趕到，進行酒精測試。她被動配合對儀器吐氣，眼神盡是不屑。無酒駕證據。

很快地，X光照畢，她開始撥手機給朋友，告訴他們她出車禍了、人在急診。我注意了幾段對話，嘻嘻哈哈，盡是青春語言，充斥玩笑與低俗的發語詞，完全沒有被觸乳的失色。

我稍稍鬆了口氣，但仍有些焦慮。不知道是否該跟她道歉？而道歉了，她會不會因此知道自己被誤為男孩，反而感到難過，甚至氣憤？而如果不道歉，一旦她將被男醫師觸乳的事告訴家人，我會不會陷進怎樣的糾紛裡？還是我該佯裝什麼事都沒發生，也許在她心中，此錙銖小事，宛若雞毛蒜皮。

我很苦惱。身為男醫師，我常被提醒接觸女病患的種種禁忌。比方，絕對不能以身體檢查為由，拉上布簾，與女病患獨處。

「切記，這時代陷阱很多，你如何證明你在布簾裡沒對病患毛手毛腳？你怎麼知道她不會告你性騷擾？聽著，男醫師檢查女病患，就算只是簡單的腹部觸診，務必有女性護理人員在場。」老練諳世的前輩總如此提醒晚輩。

「女病患的尿管一律由護士處理。」護理部一概的立場。

規矩不斷累增，形成章法，久久成了典則，醫界互通的默契。

婦產科是典型。近年來，女醫師幾乎撐起婦產科半邊天。病患意識高漲的年代，這空間的本身就讓年輕男性縛手縛腳。內診、子宮頸抹片或乳房超音波不用說，就連胎兒產檢，有時男性跟診醫師是被逐出的。

「不行，男醫師不能跟陰道超音波，病患會很不自在。」實習生靠著一張張超音波圖片，想像探頭的擺放、結構的對位。

剛當住院醫師時，有回接手一位乳腺炎病患。此疾複雜度低、醫囑單純，但我費盡功夫，才輾轉找來一位女醫師協助。

「小姐，不好意思，因為妳乳腺發炎，必須檢查乳房，但會找一位女醫師同來。」我聲明。

什麼是初期乳癌？它該長什麼樣？摸起來又是如何？整個醫學生時代，除了手術房所見，我都是透過書本與圖片，想像各式病灶，就像在四季如春的島嶼讀神州地理，想像中原的春秋分明與白雪紛飛。甚至一直到畢業，我從未摸過所謂初期的「乳房腫瘤」，要到當上住院醫師，才有機會累積這方面的經驗。

退伍後，曾有段時間至中部濱海小鎮支援健檢。有回一位阿嬤來體檢，我照例詢問她接受乳房檢查的意願。

阿嬤斬釘截鐵說，就檢查吧，她老了，不在意這些。

或許因為觸碰了乳房，開啟阿嬤今世所有與乳交織的故事。阿嬤跟我說很多：哺餵過幾個孩子、哪個孩子沒奶水喝、哪個孩子喝羊奶、小孫子近日斷奶、新聞火紅的三聚氰胺毒奶粉……以及一段被非禮的經過。

「那個先生，以為我是庄腳人，隨便給我摸，這個不酥鬼（色鬼）。」

「不酥鬼」阿嬤這三字講得特別亮。

但人老了，對乳房的敏感度似乎就遲鈍。哺育已盡，年華已逝，放任乳瓣低垂。

順時針，由外向內，一圈又一圈，壓一壓，然後雙側腋下也要摸。我教導阿嬤，如何自我乳房檢查。

「我那時就是沒注意乳房檢查，現在只剩一個乳房。」某次幫婦人做心電圖，赫然發現藏在衣襟底下，一種夷平的瘡疤。因為乳癌。

那是學生時代見習乳房外科的記憶了。

印象最深的是乳房重建手術。教授從腹部切取脂肪、皮層與血管，然後移植到胸前，重塑新乳，並告訴病患：這不是外來的矽膠或水袋，亦非組織擴張器，而是貨真價實、你的身體髮膚。

這惱人小腹，歷經數小時的光陰，竟變形成乳房！在對醫學仍曖昧不明的年歲裡，我對這乾坤大挪移的手術感到瞠目結舌。

有次，門診來了位農村阿婆。多年前阿婆乳房出現異樣，因為害臊，一直到藥房買藥塗擦，久久未癒，於是聽信電台藥草偏方，據說是越南神藥。只是衣服掀啟之際，那低垂的乳，淌著膿與血，乳頭陷落潰爛。

那已是末期乳癌了。很快地，阿婆三個月內就結束了人生。

我一直無法忘記那殘破的乳。阿婆一定知道，曾經是這乳滋養新生，推往希望，但卻未曾想過，有天，也是這乳將她毀滅。

乳房一直是母者的標記，它隱含了華美的責任。穿越時空，凌跨地域，眾產婦歷經脹奶，本性自此疏流。那是共通的產後記號。生命之泉，馨香甘甜。

「喝母乳，除了母乳還是母乳。」所以，行經醫院走廊，衛教海報一張貼過一張，捷運站、百貨公司內，哺乳室蜂巢式隔出，人們倡導餵母乳，如日烈熾。

●

有天我去找設計師小涼剪髮。她要我推薦整型醫師。

「妳很正，不需要整型。」我和小涼說。她瞇笑著，說我不懂。

後來，我從另一位設計師口中得知，小涼隆了乳，因為更可以抬頭挺胸，更有了低胸衣著的理由。

那是女子未成母者前，乳房的另個意義。

於是，行經台北街頭，女子露乳溝、示肩背，豐胸廣告火辣登上巍巍刊版，城市總在行銷一對擁擠的乳房。女性內衣連鎖店逐一開幕，橙橘色調，復古燈花，代言女子魅惑撩人。乳房啊！豐沃脂肪如厚墊。乳葉、乳腺小葉、泌乳管、泌乳竇……以乳頭為中心，輻射排開，在乳房裡一株開過一株，往熟成的歲月分枝著。這胸前溝壑，暗循週期，隨激素潮汐，幽微漲落。

我想起〇九年春季作客香港，那陣子，地鐵站時常可見胸罩廣告。有回出了大角咀居處，行經港鐵奧運站，一幀胸罩廣告貼在牆上，人群走過，一男子拿起手機，對著海報裡胸罩名模迅速拍照。

喀、喀、喀。快門按下。那是城市之乳，晾諸於世，不屬於誰，給需者進行飽食又不觸法的哺育。

我或許明白，那暗流的光碟片上，總能看見以「巨」、「爆」來形容胸前雙峰。乳房總不經意地暗示了飽足，因為各樣形式的飢餓，在城市、在地鐵、在街角、在螢幕前垂涎著。

不久，女孩的家屬趕到，是阿嬤。我意念一轉，決定先向阿嬤解釋稍早因不察而觸乳的疏忽。「沒關係，她很男性化，常被誤認為男孩，她自己也知道，無所謂的。」阿嬤毫不思索地回覆。

女孩經過一番包紮後，狀況穩定準備離院。她的朋友紛紛趕到，盡是潮男靚女，連舉手投足都帶著一致的叛逆氣味。我帶著歉意，用眼角餘光不時觀望她。她滿臉微笑，呼朋引伴，像趕赴一場對決，帥氣離院。然而這糾紛頻繁的年代，她的離去與阿嬤的沒關係並不能保證什麼，我還是挾帶煩惱，繼續手邊工作。

我曾看過科普書形容乳腺如流域，但我想，乳腺綿密應如法網，觸乳即觸法。乳房自有紀律與規章，在光潤與鬆弛的流歲裡，分泌一則則屬乎女子成長的、哺餵的、病變的、與肉慾的錯雜故事。

——原載二〇一〇年十月二十七日《自由時報》副刊

痛心記——誌心

有時，心臟會在某些人體內，展露驚人的矜持。

我的臨床故事開始於二〇〇四年初秋。

那年我廿二歲，醫學系五年級，受袍典禮過後，第一站見習的專科是「心臟內科」。

剛步入這個病房，四面環繞可能隨時加速、減速、停止或失控的心跳，我誠惶誠恐（當然也怕被師長電），想著：心臟呀，這捉摸不定又致命的器官，讓人好奇且畏懼。或許因此，我對心臟科醫師有種莫名的崇敬。

記憶猶新，當時一位主治醫師說：「短短兩週來CV（心臟內科），不可能什麼都學到。但有件事你們一定要會，就是心肌梗塞。那會出人命的。」

約莫此時，冠狀動脈疾病（coronary artery disease）在我心中，有了草圖。

心肌梗塞（myocardial infarction）便是冠狀動脈疾病之一。主要因供應心臟養分的血管「冠狀動脈」阻塞，導致心肌缺氧壞死所致。病患常會感到心臟被擰過、絞痛，同時可能伴隨下巴或左上臂麻痛。

心肌梗塞好發於年長、高血壓、糖尿病、抽菸、肥胖等族群。但近來，年齡有下降趨勢，不久前台灣就有一例十八歲男孩心肌梗塞的案例。

在「猝死」這事上，有高比例與心肌梗塞導致的心律不整相關，且一半以上死於到院前。二〇一一年隆冬，北韓領導人金正日就因急性心肌梗塞驟逝。而台灣的馬鶴凌、茂伯等相傳也都因心肌梗塞辭世。

但有時，心肌梗塞毫無症狀，或者相當輕微，一點呼吸不順或倦怠而已，臨床上稱為「安靜的心肌梗塞」（silent myocardial infarction），特別好發於糖尿病患與老人身上。統計發現，心肌梗塞的案例中，約有百分之二十五屬於這種安靜的心肌梗塞。

劇痛與不痛。同一疾病，在不同心臟，卻有不同面目與陳述。

有天查房老師和我們說，他遇到的心肌梗塞病患，多半抱怨胸悶胸痛，直言「心痛」的比例沒「胸痛」多。

因此，每位醫學生到心臟內科見習時，首要區別的症狀就是胸痛。事實上，胸痛的鑑別診斷很多。心、肺、食道、骨骼、肌肉、神經……任一地方出問題，均可能胸痛。痛法不一，有的像撕裂、有的像觸電、有的像火灼，發作時間亦不同。因此正確地說，我們被教導的是，區別出「致命性」的胸痛，除了心肌梗塞外，尚有主動脈剝離（aortic dissection）、肺栓塞（pulmonary embolism）、自發性氣胸（spontaneous pneumothorax）等。

然而絕大多數的胸痛是非致命性的，可能只是神經痛、食道炎、肌肉拉傷，甚至恐慌症發作。

我翻過一些醫學書，文中均以「chest pain（胸痛）」當作鑑別診斷主述，而非「heart pain（心痛）」。即使病患主述心痛，醫師們被教導思考應放在胸痛，任何胸腔臟器均應考慮。

●

很快地，兩週過去了，我結束心臟內科見習，趁週末趕製報告。因為遇上心臟腫瘤個案，我查了許多文獻，讀著那些症狀與預後，很自然地，聯想起一位朋友——小玉米。

就在幾個月前，我接到契友的電話：「小玉米在加護病房。」

「怎麼了？」我有些錯愕。

「不清楚，聽說心臟快不行了。」對方說。

小玉米是團契的學妹，小我兩屆。記得迎新那天，她說了一段這樣的自我介紹：「大家好，我叫美諭，心理系一年級，嘉義人，大家都叫我小諭。」

她個子矮，聲音亮，戴咖啡色粗框眼鏡。父親在嘉義市區經營小吃店，我們去過一回，肉圓、麵線、米糕……滋味復古而踏實。

小玉米不太會拒絕人，沒有鮮明的脾氣，在團契的日子裡常是默默地——默默地查經、默默地倒垃圾、默默地打電話關心契友、默默地當一位聆聽者，生活簡單，喜歡讀小說。

小諭，小諭，大家都這麼叫。有天被嬉喚為小玉米，原本只是玩笑，但從此大家都改叫小玉米。

或許因為小玉米低調安靜，以至於我對她的印象都覆著一層薄霧。唯一清澈的是二〇〇三年暑假，我們一起上阿里山，一個叫「達邦」的村落帶小朋友。

在那場為期五天的夏令營中，小玉米是孩子王。一來她開朗，二來個子不高，很快就和孩子們打成一片。

營隊結束後，輔導為慰勞大家，決定明早載大家上祝山觀日出。但合群的小玉米卻在此時選擇不合群，她拒絕了，只說：「我不能去海拔太高的地方，會暈、喘、全身不舒服。」

她很少述及體膚病恙，而我們也沒細究，只覺得可能是高山症。

小玉米住進加護病房後，我才輾轉得知她心臟長瘤。我們都訝異，畢竟心臟不是一個容易長瘤的器官。

然而心臟日益衰竭，血氧逐漸低降。那幾天團契與教會朋友輪流探訪她。受到加護病房開放管制，加上當時我們還未進醫院見習，索性和學長借白袍，偽裝員工潛入病房看她。

幾天後，小玉米離開了。她靜靜地睡，年廿歲。後來我才知，這心臟腫瘤已發現多年，她封緘了所有細節，沒有一句心臟不適。

●

如今，歷經實習、服役、住院醫師訓練，我也開始看診了。我偶在診間遇到主述為心臟痛的病患，有咬痛、螫痛、電痛、鑽痛等，痛法不一，因憂慮心臟問題，就診要求細檢。他們大多年輕，無心血管危險因子，而最終檢查結果也往往正常。

而那些後來診斷為冠狀動脈疾病的病患，回溯他們初次的主述，多為胸悶、胸痛、呼吸困難……直指心痛的並不多。這當中，有不少平日看似健朗的中老年男性，他們總向家人保證自己無恙，絕不拿健保卡當悠遊卡刷，鼻塞、腹瀉、頭痛都順其自然。但真正用健保卡時，就是一個心肌梗塞的診斷碼了。即使，他們仍說胸痛，不言心痛。甚至在輪訓急診時，我遇見一位急性心肌梗塞病患，初始症狀竟只是「喉嚨痛」。

心臟就在某些時候，某些人身上，向我展露一種沉默的矜持。

於是，我才漸漸明白，那些真正有心臟疾情的，似乎不會輕易鬆口說出：「我心痛。」

——原載二〇一二年十一月《幼獅文藝》七〇七期

肺事——誌肺

幾年前去了一趟新加坡，有天我們與 Samantha 約在捷運 Bugis 站。Samantha 是中國人，在西安唸外文，有一位穩定交往八年的男友。原本畢業後要去美國使館工作，卻因男友赴新加坡唸書，放棄工作，相隨下南洋。

認識 Samantha 是在香港，一場研討會上。會程結束後，來自中港台的朋友互留 msn，原本數十人的群組，經過幾年的時光淘洗，僅剩四人固定保持聯絡。而 Samantha 早在一年半前斷訊了。

高雄、香港、重慶、廈門，我們四人分居四座城市，藉著網路維持一種不冷不熱的關係。居香港的喬治森，有天突然聯絡上 Samantha，提議至新加坡旅行，順道拜訪她。我們很快答應了，也敲定時間。但我其實會擔心，這淡薄而略顯生疏的情誼下，見面時可能出現的窘境。

我們比預定時間提早半小時抵Bugis。走出車站，在相約的捷運出口，看見一女子，濃妝豔抹，全身銀亮飾物，蹲踞在人行磚上。她眼神渙散，髮長而略凌亂。

是Samantha。有人認出她來。

坦白說，如果不細看，你會以為她是那種出沒於萬華暗巷的女子。她現在的模樣，和當年我在香港認識的恬靜、質樸，有很大的差距。

Samantha帶我們來到Haji巷，在轉角一間名Altazzag的埃及餐館坐下。老闆見我們來，隨即趨前寒暄介紹料理。他頭戴白色鴨舌帽，蓄鬍，穿短褲與涼鞋，相當隨興。整個人充滿肢體語言，與誇張的抑揚頓挫，讓人感到樂觀風趣。

我們走上餐館二樓，推開門，我愣住了。眼前的景象只有「糜爛頹唐」四個字。那裡燈光昏暗，地面鋪著大片波斯地毯，擺著數塊紅沙發，所有人或坐或臥，神情荒縱，慵懶抽著阿拉伯水煙。

Samantha點了些茶與熱食，然後叫了一壺水煙，開始聊起近況。她比我預期的更善於言說、更大方，講了許多新加坡生活的細節——這城市如何的積極處罰市民：Singapore is a "fine" city，說到fine這個字，語調還會提高；這城市如何的剝削民脂民膏：車輛進入市區ERP（Electronic Road Pricing，電子道路收費）內，依各時段扣各不同款的規章，進出愈多就扣愈多，簡直是ERP，Everyday Rape People。

我發現Samantha的話比以前多了批判、諷刺、苦毒，好像生活在新加坡是悶的。但我最不習慣的是她變得極愛抽菸，整個聚會裡，她猛吐話，也猛抽水煙。有時水煙抽膩了，就掏出提包內的DUNHILL來抽。

我有些受不了菸味，於是走出店外稍稍透氣著。

對菸味我其實很敏感，或許有部分是心理作用。畢竟常在診間教人戒菸，反覆說著那些毒害與致癌物，然而矛盾的是，我又常在機場免稅店幫朋友買菸。

幾年前，衛生署強制在菸盒上印製怵目圖文，有一口爛牙、妻兒悲泣貌、暗示陽萎的彎垂香菸，但讓我印象最深的是一張黑色腐壞的肺，為要提醒抽菸者罹癌的可怕。

我在解剖實驗課看過那樣的肺。像歷經火劫，一片焦黑蛀蝕。據聞，捐贈者生前嗜菸如命，晚年臥病於床也不忘要求點根菸。

肺其實左右不對稱。左邊有二片肺葉，右邊則是三片，就連兩側支氣管傾斜度也不一。肺是處事圓滑的器官，懂得進退，在吸氣與吐氣間，節制地膨脹與消瘦。它向來是開放的，納各方氣流進出，不鎖國，不自封。

除了聽診，我與肺最多的接觸就是胸部X光了。

「要照X光了，吸飽氣——」

X光裡的那兩片黑是肺野（lung field）。從學生、實習生到現在，我一直反覆從這片黑裡找病灶。黑是一種勢力，給人無邊、未知的恐懼，讓肺成了一座迷離的空腔。

那片黑裡有左右兩支白色樹狀水系，是為肺紋（lung marking），是肺部血管與支氣管壁的顯像。當呼吸道感染、血流增加，均可能使肺紋增加；有時那片黑裡會出現一塊突兀的白，或呈扇狀，或呈片狀，那可能是一則肺炎的故事。黑黑白白，消長進守，我曾在病房照顧過一位克雷白氏肺炎桿菌（Klebsiella pneumoniae）感染的病患，他的胸部X光，黑裡有塊白斑，白斑裡又有塊黑影，主治醫師說：開洞了！肺就這樣被細菌鑿出一處祕密基地。

然而黑裡最令人忐忑的是那躲藏的、細小而易被遺漏的腫瘤病灶。

不過在我的門診戒菸病患中，最多的還是這樣的X光影像——胸廓擴大、橫隔膜壓低，一片更黑更遼闊的肺野。這非好事，常是肺氣腫或慢性阻塞性肺病的表現。

「請戒菸。」我往往對這樣的病患說。

然而我知道，戒菸並非一句隨口的「請戒菸」就能敷衍。有人抽菸是耍帥、藉此炫示叛格；有人以昂貴洋菸，凸顯時尚感；有人為了紓壓、澆愁；有人要提神、讓思緒集中；也有人出於一種叼菸的習慣、生活的樂趣。

一定有什麼事是高過對疾病的恐懼。

我想起那個放風的夜晚。當時我仍在服役，一群弟兄蹲踞在醫務所前抽菸，天南地北聊起天來。一位弟兄遞給我一包Marlboro菸。我說我不抽。他說：「我送你菸，是把你當朋友看。」

那天他們在聊入伍前的工作經歷，有酒店少爺、三溫暖小弟、裝潢工人、送冰塊的貨車司機……。他們聊時薪、聊主管、聊工作裡的腥羶情色，當聊到刻薄的上司，激動處還能感受到口中菸味染著忿怨與嗆辣。

煙霧繚繞，尼古丁與焦油擴散的同時，彷彿也把社會各角落的氣體擴散開來，在彼此的呼吸系統內進行交換——你的、我的、他的、一手的、二手的、混濁的、致癌的、抑鬱的，人生交換。我仔細聽著每句對話，有些直覺是誇大了、渲染了。但或許那是我未知的真實。

「你要試試水煙嗎？阿拉伯世界才有的。」Samantha 邊換吸嘴邊問我。

為了新鮮感，我吸了一口，聽見壺底水聲咕嚕，將煙含在嘴裡，輕輕吐出，有一種清甜的蘋果香。這是我第一次感到菸的美好。

「不夠，用力吸，太小口了。」Samantha 說她抽水煙時，要深入喉嚨直抵肺裡，才有感覺。

我重來一次，深吸，感到烈嗆，咳嗽頻頻。原來，表面淡定、動作嫻熟地將煙深吸到肺裡，不是那樣甘美的事，而是一段需要磨合的歷程。

「習慣就好，還要再試嗎？」Samantha 問。

我婉拒。淺嚐而止，這是我的原則，轉而好奇Samantha抽水煙的始末。

Samantha 開始說起始末，每說幾句，就吐出一團雲霧。故事從肺裡緩緩流出。

「……那件事以後，有段時間我每天晚上來到 Haji 巷，一人喝酒抽水煙，和一些陌生人聊心事。不然很悶，快憂鬱症了。」Samantha 說著。在 Altazzag 聊了近三小時，我們才驚覺，她已結束這段我們看好的、八年的感情。而我們就在帶著瘡疤的煙霧裡，聽了許多故事。

時間已晚，我們告訴 Samantha 菸少抽點，水煙和香菸一樣具致癌性，在新加坡要過得好。她說她會勇敢，考慮回西安找工作。找另個人生。然而，我總覺得她還在等著什麼。

告別時，Samantha 又點了一根 DUNHILL，似乎仍有許多事積在肺裡，需要藉著抽菸，一口一口稀釋著、清理著。

我們下樓，離開 Altazzag 沿著 Haji 巷往路口走去。整條巷子，不時可見男男女女在幽暗騎樓下，鋪地毯，或坐或摟或躺，意興闌珊抽著水煙。似乎他們習慣把煩惱與慾望往肺裡吸。或許，在他們的字典裡沒有心事，而是肺事——那最能儲放故事，最能與外界、與另個人生交換的器官，就是肺了。

——原載二〇一二年三月《幼獅文藝》六九九期

肚臍眼上的事——誌肚臍

朋友常問我，實習中最難忘的是什麼？我想了想，應該是剪臍帶吧。

「92A床子宮頸全開。」

「95B準備送產台了！」

鋪上綠單，張羅器械。母宮晃震不歇，收縮再收縮。破了，於是宮中羊水流奔，潑瀉產台之下，老醫師嫻熟轉動新生——頭、肩、軀幹、臀、腿，奮力一拉，新生於是見世，體膚潮濕灰紅，像覆著泥，開始哭泣。

產科實習歲月裡，場景常是如此。接著我得在嬰兒臍帶上夾止血夾與臍夾，拿出利剪，喀嚓一刀，生命裡最簡易卻最深遠的儀式。臍帶斷了，只殘留二公分於肚表。常常，許多年輕爸爸，會在此刻進產房，手持V8拍攝剪臍過程，有人甚至希望我擺出慢動作，我會配合演出。

戴帽套、外科口罩，露雙眼入鏡，我成了孩子生命中第一位錯身的陌生人。

臍帶是一條半透明、灰亮的，時而淺藍剔淨、留有母宮餘溫的繩索，銜接兩個世代。我永遠記得第一次剪下臍帶的剎那，猶豫著刀切位置，那樣戒慎恐懼，那樣生命中最巨大的短暫易逝的隆重。

喀嚓——

剪臍後，就是臍帶護理。拿起棉棒輕沾酒精，塗於臍面，然後由臍根往外環狀消毒，覆予棉紗。之後開始打包胎盤，清洗，秤重，量測長寬與厚度，寫下產程紀錄，留下生命初出的白紙黑字。

●

有天，姐和我聊到剪臍之事。她想起分娩第一胎時，醫師請姐夫進產房親自剪臍，然而未曾碰觸手術器械的他，因過於惶恐，最終還是由醫師剪下此刀。據說在國外，此風相當流行。

姐大我不到兩歲，學齡差一屆，但我們個性差異頗大。我是那種生活只有升學的孩子，戴笨拙眼鏡，穿規矩制服、及膝白襪（現在想起頭皮都會發麻）。中學時代，我曾被師長以「學者型」的學生來形容；姐是我的對照，對於學業顯得冷感。她花了很多心思在朋友身上。處理感情，講究衣著，追求時髦。她是那種會在肚臍掛銀飾、穿熱褲、玩衝浪、繫腳環的女孩。

有段時間，她作風更加大膽，外出只穿低腰褲，露肚臍眼。一度還找了印度裔彩繪師，在肚臍周圍蝴蝶樣紋身。她常和男友幻想在墾丁開民宿，或經營一間個性強烈的酒屋。

因為不安於學業，我始終記得國二那年第一次段考，她理化考了五十八分，這是她生平第一次不及格。但隔年，輪我國二，理化考滿分。然而不只理化，我幾乎每科都拿滿分。

國中畢業後，姐沒唸高中，選擇護專。我爸常說，以後你學醫，姐當護士，媽是藥師，組間診所不愁找人。

後來，我真考上醫學系。一年過後，姐捆著一箱厚沉行李，隻身飛往一座身世迷離的城市：紐約。起先，她在市區唸語言學校，過著儉約的生活，為了省房租，在一位義大利朋友的公寓裡，以沙發為床，繳美金五百五十元的月租。她常和室友到大賣場買一整週的冷凍食品，煮煮烤烤捱日子，並靠著網拍與圖案設計，貼補日常開銷。

後來她在華人教會認識一位上海人。廿三歲那年便將生命給了婚姻。在這晚婚的世代，姐算很早婚。

不久，新生命在母殿中著床，滋長。

她把每次產檢經過都告訴父母：頭圍多少，身長多少，哪個器官出現了。每當超音波掃到臍帶時，醫生會告訴她：兩條臍動脈、一條臍靜脈，臍帶正常。那個時間點，正常蓋過一切；那個時間點，許多人生不順利都顯得渺小，只奢求一句「正常」。

幾個月後，陣痛，落紅，破水。廿五歲那年，姐在紐約成為人母。

產後幾天，母親辭掉台灣工作，飛往紐約幫她坐月子。那陣子，她總留意孩子肚臍眼上未落的殘留臍帶。每天以溫水洗後，拿起醫院發的酒精輕擦，蒸發後是一抹乾爽。

她常和幾位年輕媽媽，來自日本、阿根廷、西班牙、丹麥，各地女子或挺著大腹，或推著嬰兒車，在紐約市區喝英式下午茶，聊感情，聊婚姻，聊胎腹裡的新生命。有次，她們聊到肚臍。

聽姐說，眾邦女子雖來自不同血系，卻關注同件事：希望孩子的肚臍是凹的。但肚臍形狀，天生具之，剪臍並非能左右。有人說，肚臍是生命的根蒂。肚臍眼，第三眼是也，衣物底下的故事於此錯織著。

我想起兒科實習時，各式肚臍——凸的、凹的、滲液的、藏垢的、納污的、蜂窩性組織炎的……選擇自己的方式，朝世間吸吸吐吐，最難忘的該是臍疝氣了。孩子常在哭鬧時，肚臍隆突起，像把怒氣吞到肚裡，卻又鼓了出來、洩了密。因為腹壁密合不全，當腹壓增加，腸子便從腹壁缺口滑出，成了肚臍上一枚龍眼珠。有人稱它「水肚臍」，大約一歲過後腹壁便自行癒合，龍眼珠不再。

有次，我收到一封不明電子郵件，是 Tracy。她透過姐，要了我的郵箱地址，向我詢問肚臍肉芽腫之事。

Tracy 來自突尼西亞。當我知道她的國籍，第一個反應就是：好炫，那是一座謎樣罕聞的國度啊！Tracy 從小必修三種語言，阿拉伯文、法文與英文。信中她提到孩子肚臍上有塊贅出小肉，拍了幾張照片，透過電郵傳送給我。為了樹立台灣醫療形象，我找了一位資深小兒外科醫師討論，給了建議供她參考。Tracy 後來回信給我，用 excellent 形容台灣，也告訴我她已帶孩子就醫將肉芽腫燒除了。

●

有陣子，姐熱衷書寫網誌，母嬰為題，其中一篇是紀錄孩子掉臍之事。

她觀察到嬰兒肚臍的微妙撤退路線：出生後的幾天，彷彿有股內收定則，把臍往內收闔。就在第九天，她發現孩子的臍帶全然乾萎，輕輕一撥，毫無猶豫地落下了。短短幾天，肚臍眼由潮濕雨季，轉為旱象，枯涸襲來，肚臍乾了、定型了，成了一輩子的刻印。

肚臍，該是擁有內斂的本性，任務已盡，便靜靜居於肚腹正中。

我想起簡媜《紅嬰仔》裡曾提過的掉臍。她形容這臍如相思豆，胖胖褐黑色，在第十一日一躍而別。簡媜於是將這臍，以紅色小布包封存，宛如孩子的內務大臣，收拾他的身體髮膚。

我很能理解簡媜揀取掉臍的心情。因為姐也將孩子的臍帶留存，製成臍帶章。刻印社師父對她說，肚臍閩南話音近「度財」，但財富不是重點，而是紀念。於是她將胎毛與掉臍寄回台灣，化作紫檀木印，成為生命最初的資產。

有回，姐問我肚臍可否清洗？她記得以前阿嬤說過，孩子的肚臍不能洗，洗了會腹脹。但以現今觀點看，洗臍漸漸被接受，且視為必要。或許從前水質不如現今，病菌潛於水中，清洗反而是一種感染途徑。

阿嬤總有許多偏方。她曾告訴姐，生產時屋內要避免紅色，以為血崩之隱喻；產後則要將胎盤置入甕中，藏於床下，幾個月後再埋於地土，如此孩子才能成長穩固。

像是神話，也像是傳說。然而，孩子的胎盤終究是被醫院收去了。這程序我懂得，大小胎盤腥風血雨，功成身退，流向醫療廢棄物的收集桶內。

那些日子裡，我剪過一些臍帶，然而有些來不及剪，就連同胎盤，一起被載往另個國度了。

某天晚上，一女子緊急剖腹，胎死腹中。望著那初具人形的胎兒，從子宮中被打撈出來，亮透的臍帶繫著變形的胎盤，胎兒沒有歷經剪臍的生命儀式，便被浸入福馬林罐中，打包於紙盒。

時間是凌晨三點十一分，我捧著那封裝死胎的紙盒，穿越燈光滅去的開刀房，走過無人的更衣室，聽著自己的腳步聲，此刻任何一點不發自於我的聲音，都足以造成體內大規模的驚動。

我確實有些害怕。這是世界上最冷清、最簡陋的送行，隊伍僅有一位疲倦的實習醫生，病理標本是他最後的安葬。

●

後來我從醫學院畢業了。當住院醫師時，有陣子輪訓至婦產科，急診來了一位高中女生。

十七歲，產一嬰。

我們很訝異，在這之前，完全沒人知道她懷孕。家長事後回想，才察覺女孩前陣子衣裙確實寬鬆些。生產後，女學生噤聲冷靜，自行拉出胎盤，拿起剪刀，過火，將臍帶剪下。七小時過後，撥電一一九。

從生產到求救，空白了七小時。沒人知道這段期間，女學生陷進怎樣的人生思索？棄置嗎？哺育嗎？

救護車來到時，我們無暇問及這些，當下第一反應就是怕嬰孩失血或感染，趕緊處置，所幸母子均安。

這件事後來衍生許多枝節，比方撫養責任、親子鑑定。社工接手後，我也不便多過問，然而我常想起女孩自行剪臍的畫面，危悚不安。畢竟，那是需要經驗與勇氣的。還是，其實是一種本能？

我常思索，醫療荒貧的年代，是怎樣一個生產光景呢？老一輩常說，那年代生產都由產婆來，剪臍亦然。人們以刀過火，甚至有些人會在傷口塗麻油，然後守著先祖流傳的智慧：臍帶六寸為度。據說，這個長度剛剛好，過短則傷及臟器，過長有損肌皮；老練產婆甚至可從肚臍，推估排便習慣，或堅硬如石，或細小如枝；她們也謹記，肚臍喜溫惡涼，著涼是因肚腹未覆棉被，染了風寒。

在過去，縱使對感染與敗血症知道不多，人們卻始終懂得產後便是剪臍，懂得這場生命落地的儀式。

如今科學進步，近來更有學者提倡「延後剪臍」之理論。他們發現，哺乳動物會在生產後，俟臍帶脈動停止才將臍帶咬斷。於是有人開始思索：當孩子出生後，要馬上剪臍嗎？抑或比照其他哺乳類，等些時候才斷開臍帶？

二〇〇六年，英國一本在醫界具影響力的雜誌《The Lancet》發表了一篇論文，指出美國加州大學的一場跨國研究，他們比較產後立即剪臍與產後二分鐘再剪臍的嬰兒。結果發現，延後剪臍的嬰兒，在六個月後血中的鐵離子、鐵蛋白等均較高，將來缺鐵性貧血的機率較低。

讀完這篇研究，我問姐當時剪臍的時間點。她說忘了，因為痛得受不了，只知道產後第一件事就是剪臍，無暇顧及剪臍時間點。掛下電話，我安靜下來，彷彿明白早在廿初歲，姐便學會並懂得剪臍，把一段人生自此剪落，飛越太平洋，學會獨立，學會責任。

喀嚓——

肚臍眼上的事，如此細瑣，又如此龐大。

如今，姐已是兩個孩子的媽，越洋電話裡常會停頓幾分鐘。聽著背景聲音，我知道孩子腹瀉了、手上香蕉掉了、哭鬧了。她學會換尿布、拍痰、哄睡，也學會每天牽兒子坐一段地鐵上學、參加幼稚園的牛仔派對。當我臨而立之年，人生仍晃蕩未安定，這個世界才慢慢告訴我，當年理化五十八分、幾科滿分、考不考得上醫科，其實並沒有那麼嚴重。

——本文獲二〇一一年第一屆臺南文學獎散文優等

網紗象城——誌大網膜

那是〇七年九月的事了。

因為聽聞「大網膜（greater omentum）移植」手術，我飛往花蓮，加入一個外科團隊。這次來花蓮，視覺的撞擊不如味覺濃烈。上班第一天，急診室出現一對老夫妻。老先生攙著老太太從雲林，歷經七、八小時的鐵路光陰，繞了半圈台灣來到東海岸就醫。兩人戴著活性碳口罩，或許因為天悶汗流，口罩濕了大半。

「等一下醫生就來。」老太太有些急躁，老先生在旁安撫她。幾個月前，老太太從報上得知，花蓮有位醫生專開「象腿」的刀，當時就來找過醫生並安排刀程。

我將布簾圍上，檢查老太太的下肢。老先生小心翼翼解開她腿上的繃帶，那一刻，急診室惡臭盤據，讓人有作嘔的衝動。我憋氣，繼續端詳老太太的左腿，是右腿的三倍大，其上皮層堅硬，色如泥，長出顆粒結節，狀似波羅蜜；而結節間隙填充著既灰且綠的皮屑，死去角質混著迷亂組織，從中似乎又長了黴癬。

隔著布簾，我清楚聽見來去人聲，幾分鐘就是一句：「好臭！哪一床在大號？」老太太頻說不好意思，讓我聞了這麼臭的腿。檢查過程中，我提到手術計畫，她說她不是很懂，就連最關鍵的大網膜，也毫無概念。只知道這裡有希望。

我微笑。想起當初聽聞「大網膜移植」手術，也是愣了一下。

大網膜是腹腔的面紗。只要手術開腹，第一眼的門面便是大網膜，從胃浩浩蕩蕩垂懸而下，其上脂肪小球遍佈，隆隆凸凸，油亮鮮黃。它披覆腹腔眾器官，掀開它，腹腔世界於是展開：十二指腸、空腸、迴腸、結腸……精彩浮現。

但，大網膜往往不是手術或解剖學出題的重點。它是一層澹然的存在，把故事與爭論留給它遮罩的臟腑。我曾聽操閩南話的病患稱它「大網紗」。我喜歡這個別稱，彷彿能感受到錯織的紋路，篩篩落落，虔誠的淘選。

大網膜總是沉寂，被遺忘地存在著，盡責護守腔室；當腹腔內發生感染，比方闌尾炎，它會開始包裹病灶，將這造反處封鎖，阻斷病菌向腹腔伸張。

不久，我替老太太辦理住院。但以她這菌黴潛生的腿，開刀下去鐵定感染，於是我們擬定一系列住院後的「淨腿日誌」。

淨腿日誌包含：泡、刷、刮、洗、敷、纏六步驟。首先每天將患肢泡入碘酒內，接著拿牙刷刷去污垢，再刮去皮屑。然後清洗，敷上藥膏，覆以方紗，纏以彈繃。

那天後來，主治醫師帶我查房，我發現這些象腿病人，老少男女皆有。多數狀況與老太太相似。她們往往因婦科手術，比方子宮頸癌，在術中摘除不少淋巴節，雖治癒了，但腿部卻因淋巴回流受阻開始腫脹。

我印象深刻的是 Michelle，一位來自台北的年輕女子。幾年前不明原因象腿，此後不敢出門。那時，她纏腿、穿彈性襪，抵抗浮腫，卻徒勞。我觀察過 Michelle，住院期間總在病房收看娛樂節目，顯然她仍嚮往世界的美好，羨慕台北街頭，那裸露長腿、踏出倨傲步伐的女子。

Michelle 體型稍胖，風趣開朗，病床上的她試著把自己打扮得漂亮，睫毛膏、眼影或口紅，偶聊美食。我沒看過絕望的Michelle，但護士和我說，Michelle剛住院那陣子，常一人在病房大哭。曾有段時光，她選擇過隱匿的人生，多麼害怕每一次行走，每一雙錯身的詫異眼神。

小B則是另一位讓我印象深刻的病患。他是廿初歲的男孩，對於以女性居多的象腿族群，他顯得突兀難解。十四歲那年，小B的左下肢開始腫脹，終長成象腿，為此曾中斷學業。十來歲，那是一個對籃球有強烈執著的年紀啊！但他漸漸與球友疏遠，因為球褲曝露了殘缺。

這是一座無聲的象城，藏在花蓮一間海岸醫院內。象腿病人在此換著膏藥，記錄每日腫脹。他們不喧噪，不聲張，面對太平洋，安靜等待希望。

泡、刷、刮、洗、敷、纏。

往後每日，為了使老太太能如期手術，我們邀請老先生參與淨腿工程，學習刷洗技巧。他躬著身，刷著老太太的腿，但因病程已久，怎麼刷都覺得有一層屑嵌在皮表。當用力刮去，便會流血，我們踟躕於力道，也忐忑於刀程。

幾個禮拜後，老太太的腿終於淨潔許多。不久，她接受了大網膜移植手術。整個手術長達五小時，原本位於腹腔的大網膜，經由轉位，移入左大腿上方，並置入一段人工血管，於此吸收下肢滲液改善水腫。

術後前幾天，老太太住進加護病房。之後病況穩定，轉入普通病房。接下來的日子，我們每日評估腿圍變化：0.1cm，0.05cm，0.2cm，慢慢地，慢慢地，總以一種不太有意義的數字變化，減小或持平。

然而我們最不願遇見的事發生了。傷口真如預期，癒合不佳。感染。高燒。

「不能出院，傷口有感染，抗生素要調整。如果持續下去，我擔心日後那條人工血管會沒有作用。」主治醫師向老先生解釋。病房空氣突然稀薄起來。

當晚，我聽見病房傳來老太太的聲音，是爭吵。那日過後，我開始注意老先生與老太太的互動。他們之間的言語過於稀少，老先生的陪伴日誌裡，大概就是買份報紙，張羅餐點。那些餐食相當簡單，豆漿或燒餅，魚湯或鮮果；有時他們會有小爭執，比方空調太熱、水果太酸、粥太鹹、百葉窗不該拉升、繃帶纏繞過鬆等。

老太太情緒越來越浮躁，老先生卻越來越沉默。

「不要再換藥了！每天換還不是照樣感染？我要回雲林。」老太太有些激動。

一個月後，Michelle和小B出院了。老太太仍燒燒退退，換過幾次抗生素，病情才穩定下來。然而故事未完，在復健介入下，象腿消退情況仍顯遲滯。老先生說，再住院等等看吧！我也會在這裡一起等。

拆繃帶。洗屑垢。敷藥料。纏繃帶。

我總無意間撞見老先生恭謹地服侍這腳。一日挨一日，慢慢地，有條不紊地。在等著大網膜吸收滲液的同時，時空裡彷彿還有另一片網膜，比大網膜更巨大更綿密的，無聲地包裹、屏障著，從老先生手中的繃帶，一層蓋過一層，覆在象腿表面，生命的外環。

而希望或許就會出現吧！至少老先生是這樣深信著。

——原載二〇一〇年七月《文訊》二九七期
本文入選九歌《九十九年散文選》

呷飽未？——誌胃

胃，是我們體內用以指標幸福的器官。

我極度偏食，凡苦瓜、茄子、臟腑、海鮮食材幾乎不碰；色黯、質地堅硬、冰存過久、反覆烹煮回鍋之食也不嚐。以前阿嬤住我家時，見我在餐桌上挑揀肉菜，或偏執於特定菜色，總會唸我幾句：「揀食，壞嘴道。」然後，卻在飯後問我：「呷飽未？」、「肚子會餓嗎？衣櫥內有餅、肉脯。」

我不清楚這些食物的來源，只知那時，阿嬤的櫥櫃裡總能搜出一些零食、糖果、蘇打餅、夾心酥之類的。

阿嬤是廚房的第二個主人，她常問媽：「今晚欲呷什？」對於「吃」這檔事，似乎投入高度關注——拔蕃薯葉、煎虱目魚、清蒸螃蟹、燉豚骨湯、切瓜果……醬醋油鹽間，掌管了家人某部分的口腹。

一碗粥、一碟空心菜、幾片酸黃瓜，然後灑上肉鬆和小魚乾，如果阿嬤一人主廚，菜色常是如此。但我其實沒有很喜歡阿嬤的烹調，總覺得那些料理滋味貧乏、色澤黯舊，肉菜之間，似能嗅見抗戰或日據的時光——一個屬乎阿嬤飲食年代的味覺封存。

「揀食，壞嘴道。」於是，阿嬤又唸我。

「呷這麼少，你有呷飽未？」然後她又說。

那是很久以前的事了，當她仍善於行走、嫻熟於瓦斯與鍋器的使用時。〇五年仲夏阿嬤跌倒後，就與廚房疏遠了。雖然如此，她仍常在床邊問我：「這頓媽媽煮什？」、「你有呷飽未？」、「肚子會餓嗎？」

那陣子，她因行動不便，媽總是備好餐食，端往她的房間。我注意過那些碗盤，無論菜色如何，常是滿著去空著回，未留剩菜。當我問阿嬤：「有好呷無？」她回答：「おいしい（美味）。」

媽常和我說：「阿嬤喔，比你好嘴道，煮什麼吃什麼，毋揀食。」

但有時我在想，阿嬤真的照單全收嗎？她沒有特定喜好的滋味嗎？或是極私人的、對美食的挑剔與執著嗎？

我記得，每次回台南老家，長輩會帶她去城裡一間日本料理店。他們說，這店裡有生魚片、蝦手捲、紫菜沙拉，那是她眷戀的滋味。我們總是圍一桌，拉拉雜雜點了許多小菜，阿嬤食量不大，餐桌上如有天婦羅、茶碗蒸、炸豬排之類的，她會夾給我，並反覆叮嚀要吃完。

「你有呷飽未？」阿嬤一貫地在食宴尾聲時問我。

後來，有好幾次爸媽外出，阿嬤的三餐輪我照料。媽開出一些菜單：魠魠魚羹（小的）、味噌湯、什錦海產粥、燙地瓜葉、魚湯、廣東粥（丹丹漢堡賣的那種）等，並囑咐我，要等食物溫了不燙了，才可給阿嬤吃。

有次我買了魠魠魚羹麵。「有好呷無？」我問。

「おいしい。」她說。意料中的答覆。

印象中，這世界的食物對她而言，滋味是一致的，就像這一概的「おいしい」，即使，這

些膳食毫無燜煲焗燴，僅僅只是一碗清淡的粥、簡單的蛋花湯。

想來阿嬤唯一一次對味覺有意見，是在〇七年住院時。因為中風，吞嚥有些困難，護士於是將藥丸磨粉，溶於開水讓她喝下。那一刻，阿嬤的臉神有些詫異，我知道那藥丸會苦，但她只是說：「這水怎麼味怪怪的？」而沒有說難喝。

自從阿嬤臥床以後，她的時態感慢慢變淡了。時序倒置，曆法錯亂，甚至連「人稱」也混淆了。她常常在睡夢中醒來，朦朧地問：「幾點？我還沒呷飯。你呷飽未？」或是喊幾聲家人的名字，然後又沉沉睡去。

一段時間過後，我們端去的碗盤不再是空的回來，而且越剩越多。阿嬤食慾變差了。我們開始餵她碗粿，切割數小塊，一口捱著一口餵。阿嬤費了很多時間才吃完。

不久，阿嬤連碗粿也吃不下了。我們試了一些食物，發現她還會吃香蕉、養樂多、小蛋糕、罐裝營養食糜。於是，那陣子去好市多買了很多小蛋糕，還有一排像年糕的麵食。

「阿嬤，你有呷飽未？」我問。

「飽了，おいしい。」那時，一個小蛋糕、一杯簡易榨打的果汁，她就飽了。然後，她一定

會問我：「你有呷飽未？這擱剩一塊雞蛋糕，乎你呷，要呷乎飽。」接著，就說她累了。睡去。

我看著桌上靜置、未食完的小蛋糕，幾隻果蠅低飛覬覦，眼眶突然有些潮濕。

過不久，阿嬤什麼東西都吃不下了，她把所有餵食進去的，全都吐出來。

「你有呷飽未？」我問。

「不餓，我愛睏。」阿嬤虛弱地回答。

一陣子後，阿嬤插鼻胃管了。我知道，那一刻，她的飲食已是徹底的管灌了，流質食物經鼻直抵胃袋，日子不再區分酸甜苦辣。但每當她在病床上醒來，見了訪客，還是勉強起身微笑問候：「恁呷飽未？」

有天，阿嬤不再問我「呷飽未？」，她靜靜闔上嘴，永遠停止進食了。

一段時間過後，當我想起這些瑣事，才明白，阿嬤心中一直有本食譜，色度總是灰灰的，氣味總是平平的，但每道菜都有個烹煮核心——呷飽，一種低調不聲張的豐足，胃的幸福。只是我似乎從來沒弄懂過阿嬤喜歡吃什麼，不喜歡吃什麼，以及，阿嬤呷飽未。

——本文獲二〇〇九年第三屆懷恩文學獎散文優選

肚腹尺繩——誌胰

二〇〇八年秋，我有了自己的門診。

剛開始看診不免慌張，偶爾遇上複雜內科疾病，或態度強勢病患，便亂了節奏；時間的掌控常欠缺效率，有時問診問下來就是一小時，旁支末節，鉅細靡遺（但不見得靡遺到關鍵），把病歷紙填得滿滿的，卻無明確結論或決策。這樣的窘境大約持續幾個月後，才漸漸擺脫。

一年過後，門診來了一位糖尿病老婦，血糖控制極差，由女兒陪伴來。她身上已出現視網膜、末梢神經等糖尿併發病變，目前口服藥治療。

我心想：這麼差的血糖，口服藥夠勁嗎？要不要直接改為胰島素？

「可能要打針了，藥吃到極限了。」我說。

「她和中風的老伴兩人住鄉下，沒人可幫她打針，她自己又不敢打。」女兒說。我心想：

也對，聽來極不安，萬一胰島素過量，低血糖昏過去沒人發現怎麼辦？

「那麼……先吃藥好了。」我說，但踟躕一晌，又改口：「不行，要打胰島素才行，口服藥無法調了，腎功能也不理想。」

那時的我，內心擺盪，立場飄忽。方向塗塗改改後，我告訴老婦要打胰島素。她拒絕，表態無法容忍日日挨針，寧願人生就此而去，管他媽的血糖。

該怎麼辦？我很為難。

在這種局勢下，我終究選擇妥協，微調口服藥量，然後苦口飲食規勸，並抽血檢驗一種名「C胜肽鍊胰島素」（C-peptide）的濃度。這是一種胰臟製造胰島素的中間產物，可藉此評估胰島素分泌能力，如果太低，可能反映著分泌力已日薄西山。

一週後，老婦回診，報告顯示C胜肽鍊胰島素異常偏低。

「你的腰尺要休息一下。我們先打胰島素，好不好？」我問。

「腰尺？」老婦有些訝異，以為腎臟出了什麼問題。

「不是腎，是胰臟。」我解釋。

那曾是我的疑惑。小時和母親去市場豬肉攤，屠刀與腥臊間，常會聽見肉販以閩南話嚷著腰子腰尺。那時我隱約知道，肉販口中的「腰子」是腎臟，但「腰尺」卻眾說紛紜。在那不講求追根究柢的童年，我以為腰尺該與腎為鄰，一度以為是腎上腺。就這樣，我含糊地過了好幾個春秋，直到成為醫學生，跟了診，聽見對話，才頓悟腰尺指的是胰臟。

這臟器如尺般地橫躺於腹中。但弔詭的是，它位居肚腹中央，而非腰側，為何不名肚尺、腹尺，而曰腰尺？究竟命名者為誰？初始之際，指的真的是胰臟嗎？

後來有天，因為受託，我陪朋友到傳統市場買坐月子的燉補食材。朋友向肉販指定腰子與腰尺，當肉販遞來後，我隔著淺紅、半透明的塑膠袋，仔細端詳腰尺：赭紅、長條狀、質地飽實，我心想：它真的是胰臟嗎？我反而覺得像脾臟。根據我零散的解剖知識與刀房記憶，胰色澤較淡、質地較鬆軟，而且，就地理位置來說，脾確實居腰側。

胰？脾？腎上腺？我不清楚每位豬販認知裡的腰尺都是同塊臟腑，但在醫界或人體內，腰尺指的均是胰臟。似乎，腰尺的身分在豬身上就馬虎了起來。

說胰臟像尺，其實有些勉強。它可是有頭有身，甚至尾巴的器官。

胰頭枕在腹腔右側，鄰十二指腸；胰身躲於胃之後，橫亙腹中；胰尾翹向左側，銜脾臟。除了頭身尾，還有一個部位名「鉤突」（uncinate），居胰頭下方。

這身型別緻的臟器，我總覺得不像尺，而像個逗點，像隻蝌蚪，或像枚水滴。它是跨領域的，擁雙專長：屬消化系，亦屬內分泌系；能分泌胰液，分解食物，亦能製造多項荷爾蒙，調控血糖平衡。

胰臟似乎帶有一種「分泌」的命定，終其一生都在榨出。它的英文是pancreas，源於希臘文，pan有全、整的意思，creas有鮮肉之意，因此合起來，瀰漫濃濃的肉質感。雖然英文名如此，但我老覺得它是個易被霧鎖的器官，像春季的馬祖，或隨時被山嵐淹覆的觀霧。在超音波底下，只要胃腸氣多了，胰臟能見度就差了，這和肝膽脾腎不太一樣。它習慣深藏，習慣若隱若現，在臟腑中最具隱士情操。

往後，老婦持續在門診追蹤血糖。這架構在「拒胰島素」的醫病前提下，我僅能非常嚴格地控制她的飲食，或者說，管轄她的嘴慾。有時，我會感到自己的獨裁：羹類不能多、吃肉請把皮和肥肉吐掉、白饅頭地瓜芋泥要少量、禁喝含糖飲料、水果要克制、肉燥不能淋、炸物甜食得忌口……不能不能不能，所有的美味都是毒，無滋無味才是王道。我和她計較著米油鹽（就差「柴」了），像是舌上暴君。

終於有天，老婦和我說，有些事我是不懂的。身為家庭主婦的她，掌管菜色，也收拾菜尾。每當面對桌上吃剩的食物，她總感到丟了可惜，於是一人默默將全家的剩菜剩飯嚥下肚，彷如廚餘桶，多年來始終如一。

那些食材都是黯淡的、待棄的，從來不會是美食。我似乎明白，飲食控制不是隨口少油少鹽少肉那麼無關痛癢的一件事。

然而血糖高是事實，習性難改，惟有胰島素一途。我開始採取恫嚇策略，搬出種種糖尿併發症的可能結局：失明、透析（洗腎）、截肢……。幾經勸說，老婦終於答應施打胰島素。

緊接著是一段艱辛的數學日誌：長效、短效、混和劑型，我從體重、用餐時間、飲食習慣，不斷計算、調整她的胰島素劑量。胰臟此時還真像把尺！一把非形狀上，而是功能上的尺——到底要調到怎樣的刻度，才能對齊她腹中的那把腰尺？

有天，老婦回診，血糖值是就醫以來最好的一次。但她卻表明不想打胰島素了，連藥也不用了。她要放棄，讓血糖順其自然。

「怎麼了？」我問。

診間安靜了數十秒，老婦哭了出來。

她碎碎斷斷地講著，原來幾週前，兒子在一場意外中，遭砂石車輾斃，徒留一妻二子。孩子正唸小學。起先她憶起肇事者事後狡辯的說詞，語氣悲憤，但一想到兒子血肉模糊的死狀，竟在診間放聲大哭起來。

怎麼辦？我該如何安慰她？我陷入一種不知所措的狀態，想說些安慰的話，卻吞吞吐吐。

她在診間哭了幾分鐘，我只知道遞上衛生紙，並在最後一刻，說了段類似「事情遇到了也無法逃，希望你能走出來，血糖還是要好好控制。」的話，然後，看診就結束了。

那事過後，我漸漸知道，有些事是可以超越健康、優先於疾病的——兒子沒了，血糖算什麼？七十初歲的她，白髮人送黑髮人，失眠，食不下嚥，生活秩序崩解，血糖顯得如此遙遠，如此虛渺。

起先我以為老婦不會回診了，但慶幸地，她仍按時回返。那幾個月，她的血糖相當理想，胰島素也開始減量。數月過去了，她漸漸走出喪子陰霾，臉上多了微笑，食慾漸增，或許因此，血糖又升高了。

「最近又吃什麼好料的？」我問。

了解一些生活概況後，我告訴老婦，再三個月，我將離開這間醫院，新的醫師會繼續照顧她。

她有些驚訝，問我的去向。

「我給你看病也快三年了，你好像比以前栽（穩重）。」老婦說。

這話是中聽的。我微笑，謝謝她的包容。不過，事實還是得面對：胰島素又需調整。

我在病歷上修改了胰島素劑量，微幅增加二單位。她靜靜凝視我，像在思忖什麼，亦像有話要說。或許，她腹中這把腰尺，計算胰島素劑量的同時，還以更幽微的刻度，衡量我一路來的些許生澀、些許熟成，以及那些進退中的稜稜角角。

——原載二〇一三年六月《幼獅文藝》七一四期

二〇一三年一月，一本全球頗具權威的醫學期刊《新英格蘭醫學雜誌》（The New England Journal of Medicine）刊載了一篇研究，題為「以捐贈者之糞注入十二指腸，治療艱難梭狀芽孢桿菌（以下簡稱艱難梭菌）之復發」（Duodenal Infusion of Donor Feces for Recurrent Clostridium difficile）。

研究中的艱難梭菌，在正常腸道中可能就存在，一般不會有症狀。但當人體長期使用抗生素，會使得腸內正常菌遭滅，導致菌落平衡失調，此時原先安分的艱難梭菌，便開始失控，繁殖，拓疆闢土。如此，病患會出現腹瀉等大腸炎症狀。而要根治此菌非易事，得用更後線強效的抗生素。

在這項研究裡，學者認為健康者的糞便，裡頭含有較「常態」的微生物，如果將此糞注入病患腸內，藉以繁衍正常菌落，會不會因此干擾、抑制艱難梭菌滋長，增強宿主抵抗力，提升療效？

這研究說來合理，卻不合情。當我看到「注入糞便」，直覺瘋狂。細看實驗方法，更感頭皮發麻——先令病患服用抗生素，接著瀉劑清腸，然後將捐贈者的糞便稀釋，泡成溶液，經「鼻腸管」（nasoduodenal tube），注入病患的十二指腸內。其中，鼻腸管和一般常見的鼻胃管原理類似，只是執行過程更費工，管路插得更深，越過胃，直抵十二指腸。

這樣的「糞便移植」，解便者當然要嚴選，且循規採收，並講究新鮮——從解出到注入，平均約三點一小時。

後來共十六人進行此項研究治療，結果十三人在第一次注入糞便後，十週內無艱難梭菌導致的腹瀉狀況。

讀完這篇研究，我腦中打轉的是：究竟是哪些人能容忍他糞灌入己身腹中？我知道，我是不行的。光想像，就作嘔。但我卻重新思索了腸，那是一種多年來的矛盾。

腸啊，就是用來消化，吸納營養，包裹食渣，最終萬事沉寂，化作糞土。從口腔到肛門，美食與糞便都在同一條路上，只是早晚的問題。如此，讓糞便注入十二指腸，好像不那麼違背自然（都是同道的？）。

忘記是生理還是組織學的課堂上，老師問過：「我們的小腸長度約幾公分？」點了一位同學，答：「兩、三公尺有吧。」

「不，成人小腸總長約五點五公尺到六公尺之間。」老師說。我聽了汗顏，每天身懷長管，卻渾然不曉。

接著課堂來到小腸的微世界。投影片上有張小腸橫切圖，腸壁上滿是隆起的褶皺，稱之環形皺襞（plicae circulares）。當以顯微鏡細觀，褶皺上還有許多指狀凸起，是為絨毛（villi）。而每一株絨毛上，又有許多微絨毛（microvilli），如此細膩多思的構造，為的是增加吸收表面積，使效率升高。

「那麼，將小腸壁所有褶皺、絨毛攤平，總表面積約多大？」老師又問。

回覆的尺寸都過於渺小。答案是兩百平方公尺。或許是一間大教室，甚至球場。真的還假的？我吃驚，體內除捲了長管，還懷了一塊地坪！

老師細細解構小腸，這周延多慮的世界，我才明白古人所謂「腸枯思竭」，是有那麼一點道理。

事實上，小腸又分三部分：十二指腸、空腸與迴腸。我以為最菁華且繁忙的是十二指腸。「十二指」光聽名字，就覺得暗藏玄機。十二總是那樣的一個數字——精巧、曆算、智謀的，比方十二生肖、十二星座、十二使徒。

我曾在解剖室與刀房看過十二指腸，但外觀呈C型環狀，難與十二指聯想。它是整條小腸中最短的一段，卻有多方消化液匯流，肝膽的、胰臟的、自身的，高密度的消化作業於此進行，寸土寸金，是腸道的首都。

而空腸與迴腸，除了開腔剖腹的外科醫師，多數臨床醫師，其實鮮窺其貌。畢竟胃鏡從口到十二指腸，大腸鏡從肛門到盲腸，介於之間彷如處女雨林的，便是空迴腸。它們曲曲折折、踏踏實實消化著，卻不見面目，甚至彼此間無確切界線。

迴腸過後，便是大腸。

相對於小腸，大腸就外形與內涵，顯得大而化之。縝密絨毛已不復見，外貌看來蓬鬆，呈節狀囊袋樣，稱之「結腸袋」（haustrum）。

結腸袋聽來可愛。凡袋者總意味一個空間，盛裝未見，隱密嗜暗。但這袋裝的內容物並不討喜，那是食渣的尾聲與晚年。這裡吸收功能已淡去，但對於水份與鹽的吸收，卻很重要。

消化道就這樣一路蜿蜒，從奢饌珍饈到廢渣糞泥，看盡消化世界冷暖，走一遭食物興亡史。

而我與腸的另一個矛盾情結是吃腸。

腸大概是我少數敢吃的內臟，經由碳烤、燙煮、酥炸……編織無數美味，比方客家薑絲炒大腸、士林夜市大腸包小腸，迪化街大腸紅麵線、四川風五更腸旺等。彷彿一種庖廚上的「腸」枯思竭，以腸為命題的食譜輯。

我曾和一位大陸北方近內蒙的朋友聊吃。她說家住內陸，食肉是必要的。她的先祖常因糧荒，所有可食的絕不浪費。宰了牲畜，除了肉，臟器也盡其所能食之。我很難想像眼前一位廿多歲的姑娘，腦、舌、心、肝、腎都能食。而腸更別說了，浸滷汁，佐辣椒，她像小菜般地吃著，並說這腸能潤燥、補虛與止血。

她使我想起日本一些燒烤店的前菜，有時會遞來一盤腸，溫度不慍不火。印象最深的是在箱根一間燒烤店。那時逢冬，箱根飄雪，我想吃熱食，卻無法與店員正確溝通。進了店，首道端上的是一盤涼掉的雞腸，配上青蔥與辣油。起初我有些沮喪，但嚼下，卻暖暖的。很特殊的感覺。

不只日本，旅行韓國也常能吃到腸。首爾東大門就以「辣炒大腸」聞名。韓籍華僑友人說，吃了就不寒，脣邊就不裂。

而中國北方，則有一道「尖椒炒肥腸」，以大火翻炒青椒和豬腸，油汁溢流，放點辣椒干，爆蔥蒜，嚐一口就知北方的悍。我在北京的餐館吃過。

都是北國事，好像過了一個緯度後，腸與辣就常與生活沾點邊。

事實上，有段時間我不敢吃腸。那是大二，修解剖的那學期。

有次解剖章節來到腹腔。我還記得，腸子從腹腔撈出時，那沉甸甸、綿延下墜的姿態。我們伸手觸感大小腸，卻發現有段略腫脹、質地稍硬，和其他段摸來不一樣，當時我們以為腸內長了什麼。

老師要我們切開腸壁，才知，那是大體老師生前最後幾次的餐食。

那畫面我記憶猶新。接下來的幾個月，每當看到與腸相關的菜單，我就輕易想起那畫面。要到兩、三年後，才克服心理障礙，重新吃起腸。只是我會想：嚥下口的是大腸？還是小腸？

有時，我會舉箸端詳（習醫後遺症）：呃，這四神湯裡的是小腸，有褶皺，而且腸被外翻過；嗯，這碗紅麵線裡，色澤棕亮的綿滑物是大腸；咦，這粉腸應該是未外翻的小腸，原汁原味搬來碟筷間。

其實不目視，我大概也能憑口感區分大小腸：小腸食來緊實，大腸鬆軟。但那樣的辨識並不重要，因為無論大小腸，喀滋喀滋，嚼在口中，熱熱鬧鬧，早已忘了我正吃著包過□□（消音）的腸。

美味與惡臭常是一線之隔。就像消化道，美食過了界，就面目全非，徒留腐臭。

那是我與腸間的不解情結。人之腸情。我的腸情。

於是我想起上週和朋友花了千元食下的法國料理，那些菜肉到哪了？糞便如灰燼，突然覺得可惜起來。

——原載二〇一三年四月《幼獅文藝》七一二期

邊境闌尾——誌闌尾

高中生物課本曾提過「痕跡器官」。它是指演化過程中，因極少使用，而漸漸退化的器官，比方闌尾與智齒。

闌尾原文是appendix。Appendix本指附錄，是靜靜躺在書後的那幾頁。它是附件的、補述的，也是副的、贅的。當appendix用於肉體，似乎帶著那麼一點可有可無的意涵，找不到確切定位，是「割了也罷」的那樣一個器官。有些腹部手術甚至會詢問病患意願，在術程裡「順便」將闌尾割掉。

闌尾接近人體地理中心位置，卻帶著邊緣的宿命。它是右下腹一條十公分不到的腸管，一端與盲腸相接，一端閉鎖。在草食動物身上，闌尾具消化功能；但在人類身上卻功能薄弱，有學者推測可能與飲食精緻化有關。

闌尾是暗藏叛徒、潛在變色的身體邊疆。它是禍源，可能因管腔阻塞發炎，導致闌尾炎（appendicitis，俗稱盲腸炎），嚴重時造成穿孔、腹膜炎。

而闌尾炎性格狡詐，症狀難捉摸，有醫學書書名就叫「Appendicitis」，全書只探討闌尾炎。它最典型的症狀是痛的遷移（migration）——痛初始在肚臍周圍，之後遷徙至右下腹，一種爬行的痛，聲東擊西的痛。但並非每人都經歷這種痛的遷移，也因此病症初期易與其他腸胃疾病混淆。當闌尾炎發生在表達不清的小孩、老人，以及因子宮脹大而闌尾移位的孕婦身上，症狀更是撲朔迷離。曾有國外數據統計，外科醫師從臆測到開刀證實為闌尾炎的準確率約八成五。雖然如此，闌尾切除術卻是外科醫師的基本功。在台灣，不少第二年住院醫師就能獨立操刀闌尾手術。

而我見證一場最完整的闌尾炎始末，不是在醫院，而是在軍中。

小周被帶來醫務所已是腹痛一天後的事了。

他是二兵，打扮常是寬鬆牛仔褲配一頂復古鴨舌帽，舉動間流轉著一種周杰倫式的叛逆，因此大家都暱稱他「小周」。

小周話少，不正眼看人，不與人來往，外貌有些孤傲。他和同梯新進弟兄很不一樣，遇到長官或學長不會問好，於是他的歧異性很快就突顯出來，並被解讀為不合群、自恃的。

有個輪我留守的假日，我發現小周穿一件深藍內衣睡在寢室。經詢問後才知道他是「在營休」，這種休假方式是指：這段期間，你不用管集合、哨聲或勤務，可以隨意進出營區、休假、過夜。這種休假方式通常是給遠道、不方便長途往返的弟兄使用，很少人會選擇這種沉悶的方式休假。

小周其實已有過幾次在營休，但沒人知道他在營休時都在外頭幹麻？找哪些朋友？孤單嗎？有吃三餐嗎？事實上也沒人在意這些問題，那不重要，對義務役同袍而言，平安退伍最重要。

那天，他發燒畏寒、食慾不振、右下腹劇痛。

該不會是闌尾炎？我心想。報備上級後，囑咐小周禁食，便將他轉送國軍醫院。

到院後，一位急診醫師前來問診：「之前有便祕習慣嗎？」

小周不語。

「腹痛前天有做什麼劇烈運動嗎？」醫師再問。

小周依舊一句話都沒說。

我這才想起前天午後，在營區撞見他頭戴防護面罩、背廿公斤農藥、全身溼透的模樣。

近來因氣候濕熱，部隊陷入一場昆蟲風暴。不少弟兄身上開始出現腐肉樣斑，疑睡覺時壓揉過隱翅蟲，蟲液沾留皮膚所致。不只如此，那陣子蚊蚤猖獗，另有一種紅翅、狀似蚜蟲的昆蟲橫行，就連營區的兩株棋盤腳樹上，也爬滿黑色毛毛蟲，綠意瞬間禿了大半。

「你，去噴農藥！」排長命令小周。

他不吭聲。就算吭聲，也只是徒添紛擾。所有突來、具責任分配爭議的任務，他都不吭聲。習慣接受，習慣一個人靜靜消化。

對照多數高中職以上畢業的役男，小周學歷只有國中。他沒有專長，在講求「各盡所長」的部隊，起先他被納進「園藝兵」的編組。所謂園藝兵絕非你想的盆栽或造景，它的本質是公差，舉凡營內大小事——洗碗、掃地、倒餿水、垃圾分類等全包辦。

後來，由於伙房人力吃緊，小周於是被改編入伙房兵。他開始穿白色炊事服、戴方形炊事帽，在油鍋與刀刃間，過起滿身肉菜味的煙油生活。雖然鎮日隱身廚房，理當逃離眾人視線，卻還是躲不開一股勢力——我注意到那群生活苦悶的弟兄，彼此間凝聚出一種向心力，一致性地想整小周，欺負他的菜，把一些繁冗、危險、笨重的事推給他。

有陣子營區毒蛇橫行，石灰對蛇而言，不過是爽身粉，牠們無懼於白色粉屑，擅闖營區，或埋伏於床下，或纏於屋樑上，或鑽進浴廁，把恐懼延伸至各角落。

一天，營區闖入一條雨傘節，黑白體節，肥美分明。這夜營區陷入高度恐慌，當蛇匐匍進寢室，全連弟兄奪門而出，把整間寢室讓給了牠。

「你，負責抓蛇！」學長指使小周。他有些懼怕但沒抗拒，拿起捕蛇器，翻動正躲於內務櫃後方的蛇。蛇於是竄動，引來一陣驚呼，所有弟兄都以他捕蛇又躲蛇的驚險鏡頭作樂。不久，小周夾住蛇身前端，擒起，迅速丟進鐵籠裡。然後如同以往，不吭聲，不看人，倨傲地返室就寢。

「屌個屁！」有弟兄這麼解讀。

●

小周在急診室陸續完成抽血、腹部X光、超音波等檢查。再次碰見醫師就是遞來手術同意書。

「盲腸炎，要手術。如果顧慮傷口美觀，可選擇自費腹腔鏡；不然就是傳統闌尾切除，約五公分傷口疤痕。」醫師解釋。

這個重大決定，讓我不敢輕忽，試著聯繫小周的親人。

「別打了，五公分就五公分，傳統手術就好。」小周突然說。

後來在細問之下，才知道他是孤兒。但他有一個家，或者根本不是家，只是個收容中心。那是養母的家，位於台南縣境，入伍後就未曾回去。

但我還是打給養母。電話裡，養母說她老了，小周也十九歲了，做什麼事、生什麼病得自行負責。

最後，我在手術見證人那欄簽上我的名字，小周就被推進開刀房。兩小時後，他從恢復室被推回病房。外科醫師說，因為就醫拖到一點時間，闌尾破了，得住院觀察幾天。

隔天，軍中高層對此延誤就醫乙案召開檢討會。負責的士官們，一致表示小周腹痛當天並無特別向他們反映。我相信士官所言，小周就是不吭聲的人，連腹痛也是。

所幸復原良好。那幾天，軍中高層反覆致電給他，傳來幾句關心，但除了這些，他就沒收到任何問候了。

幾天後，營區爆發一樁逃兵案，軍中高層焦點轉移，沒人注意到小周出院了。他在營休了幾天，便重返高溫的廚房，穿起炊事服烹煮烤炸；一週後，回到烈日下，扛起廿公斤的農藥，進行兩週一次的環境消毒。

闌尾炎的故事來得快去得也快。很激烈，也很平淡。

兩個月後，小周從二兵升為一兵，卻如同過去獨來獨往、無視於迎面而來的人。他還是不吭聲，靜靜做完每件事；他還是休假時隻身出沒營區，沒人清楚他的假期生活。

如今我已退伍多年，偶然遇見忍痛多時、疑似闌尾炎的個案，我會聯想到小周。或許，有天他會發現，生命就像自己肚腹中的那條闌尾，在邊境上靜靜度日，某朝發炎了、腫脹了，向身體抗議，然後就割掉了。

故事如此簡易，如此輕。

——原載二〇一二年一月《幼獅文藝》六九七期

卷三

軀幹與四肢

肩的虛構與紀實——誌肩

肩是人體最像小說的部位，有興盛，有衰壞，虛構與紀實都在這裡發生。

小時候，因為父親工作關係，我們舉家搬遷左營。麵館、餃子館、茶樓、機車上……在左營，偶爾就見軍服穿著、肩章閃亮的軍官，特別是用餐時間，幾位軍官圍一桌，格外醒目。一槓、二槓、三槓、梅花、星，階級在街道巷口流動著，也在牆垣衣架上晾曬著。那是一雙雙肩膀，歷經踏步與答數，與時月磨合的榮光。

「長官好！」小吃店老闆，見了肩章，自然一聲好。

行經洗衣店，店員忙著熨燙軍服，理出摺線，然後一件件懸掛騎樓上方——白的、黑的、藍的、土黃的，直挺挺，沒有贅肉，只有骨架，空氣都威風起來。

左營，一個多麼有「肩膀」的地方啊！生活裡散落著肩上文明。約莫童年，一種隱形的制度，便伸進我的記憶，把左營做了分層。當孩子還不知道肩上的意義，我已學會辨識兵、士、尉、校、將，想像肩章後井然的君臣秩序。

觀察肩章成了我的童趣，也是阿崇的童趣。

阿崇是眷村小孩，國語講得非常標準，常代表班上參加朗讀比賽。我認識他是在某年夏季，媽送我到當時廍後街上的國語日報兒童寫作班。

阿崇對肩的啟蒙比我更早，他爸是職業軍人。小時，他爸載他進營區，軍人見他爸肩上的梅花總會敬禮，威風無比。有次作文老師要我們寫「我的志願」，阿崇寫道：「長大後希望肩上有五顆星。」

多麼無懼的口氣！

有天，阿崇帶我到他家。那是一間庭院平房，種石斛蘭與羊齒蕨，養一隻不具攻擊性的拉布拉多。他家的晾衣方式很特別，喜歡將衣物攤曬在牆上，就連內衣褲也如此垂放，好像要告訴路人：我不花稍，由外而內都正襟危坐，衣襟裡是純綿與純白，偶爾是出格的性感三角。

在作文班待了幾個月，我就離開了。因為越區到城裡就讀，我很少再碰到阿崇。通勤是我每日的必要動作。上下班尖峰時刻，我總在走走停停的公車上，觀望左營大路上機車騎士攢動的肩。偶爾，就是兩枚肩章，混在車陣中，在瘴氣廢煙裡，逐漸隱沒。

高中時我認識一位教官，他常在體育課，換上短褲慢跑或打球。累了，就和我們坐在籃球場上，聊兵役，也聊他的軍校故事。

他說，以前在軍校，有天為了隔日的上級督察，全連漏夜粉刷新牆、改造花圃。翌日，大家列隊迎接長官，赫然發現不只自己連上換裝，整片營區都換裝。印象最深的是路上竟多了幾棵行道樹。長官走後，那幾棵樹瞬間蒸發，宛如海市蜃樓。

「一切都是假的，只有作假是真的。以後你們當兵就知道，在軍中沒人管你唸什麼高中，只管你肩上有什麼。」他笑說。

漸漸地，我知道肩上有主權、有氣焰，藉著其上符號，使人頤指氣使、趾高氣揚，也讓人躬身哈腰、揮汗勞動。

然而出走營區，或退役老去，這些肩上的光榮似乎也隨即淡了。肩上存在著兩座世界。

我曾在公車上，遇見重聽的榮民伯伯攔車問路。或許是鄉音濁重，司機聽煩了，也厭倦解釋，車門砰然關上，揚長而去。我從車窗望著他，立在街頭，眼神迷茫不發一語。我不清楚他參與的戰役、歷經的榮辱、肩上有過的徽章，而就算清楚了，也已成過去。

肩的遊戲，不具現實感，有點自樂，有點荒涼。準備隨時結束。

「我簽下去了，會去考軍官。」阿崇說。

那是好幾年後，一個冬日傍晚，我在左營大路的麥當勞巧遇阿崇和他女友。這才知道，阿崇高中畢業後，在一所私立大學唸理工。不久服役，受了士官訓，然後打算轉成志願役。

那時他理著平頭，肩膀寬闊，眼神森亮，更像個男人了。

我和他小聊，總覺得他過得不開心。他說到一些軍中官僚文化，很多禮節出於制度，服從出於利益，生活裡充滿著應付、奉承與暗鬥。阿崇雖看似老練，裡頭仍有一些稜稜角角的堅持，他厭惡服從操守骯髒的長官，於是在密閉的體制下，孤單地對立、力薄地抗爭著。

後來，我輾轉從朋友口中得知，阿崇父親早在多年前退伍。之後經營一間小吃店，並供顧客歡唱卡拉ＯＫ、小酌、小賭。但也因此，誤交損友，染上簽賭，開始欠債。

●

不久，我服役了。

因為考過預官又抽到海巡籤，我的肩章很特別，四顆星、一橫線，行話稱「一線四」，代表士官長或少尉的位階。

當肩章撥下時，我愣著雙肩八顆星，有種一級上將的幻覺。這八顆星是立體的，漆以金黃，炯炯發光。我把制服燙得平整，摺線分明，皮鞋油亮，感覺有風。

有次帶兵就醫，行過計程車前，無意間聽見司機們的交談：「這少年四顆星！」我暗爽著。

可是任官不久，我就對這肩上遊戲感到無趣。

有次，一梯新兵下部隊。某上士帶著那麼一點惡整的邪念，命令新兵集合，限時將黃埔包內的行李悉數倒出，再裝入，再倒出，再裝入……就在第三個週期時，一位新兵放棄底線，爆發了，開始搥打自己，口裡唸著：「我沒用！我沒用！」後來動員七名弟兄才將他押至醫務所。

「醫官，交給你，你要處理。」

這是四顆星的代價。

這名新兵被注射鎮靜劑，熟睡。醒來時，除了談吐生嫩溫吞，一切正常。我和他晤談一會。他叫河豚，剛滿十九歲，職校肄業，單親家庭。

隔天，我在路上遇見河豚，他舉起雙手，在頭部比出兔耳朵的動作，緊接著頭側一邊，微笑，定格，帶著日系少女的那種撒嬌。

天啊，這是營區，怎麼會有這種兵？我心想。

很快地，河豚就被排副修理，要他戒掉那些俏皮的動作。

每天晚上放風時，總有幾位弟兄來醫務所和我哈啦打屁。有次，河豚也來了，大家聊得盡興，沒人搭理他，於是他在診療台上模仿貓，那叫聲、那慵懶，彷彿前世是貓。然後，他竟模仿貓伸爪，刮了我的背。

他的行為讓我費解。之後，為了販賣機的吃錢、士官長的一句惡言，河豚在營區上演幾次情緒失控。奉上級指示，我帶他去軍醫院。

精神科醫師要我談河豚的軍中狀況，說著說著，我不經意說出「裝可愛」。醫師說他心智不成熟，適應障礙。

「你為什麼說我裝可愛？」回營途中，河豚醒來似的，認真對我說。

我愣住了。似乎，他那看似幼稚的舉動，都是裝出來的，是他討好、化解陽剛的方式。我開始覺得他不單純，是有現實感的，或帶著什麼目的。

失控，失控，不如己意就失控。上級擔心他自殺，指示我送他住院。接下來幾個月，他都在醫院當兵。

「老是住院，要住到什麼時候？住到退伍嗎？當兵是來休息的嗎？」弟兄抗議著。當河豚出院回營，弟兄們於是挾怨報復，然後河豚又失控，無結局地循環著。

漸漸地，原本處幕僚邊陲的醫官，開始中心化，受到高層重視（喔，原來我們部隊有醫官），週週回報河豚狀況。看著肩上那八顆星，我厭倦了，感到無計可施。

終於，我退伍了。卸下肩上這些星，墜入真實人間，突然感到輕盈。肩上人生如此虛渺，為期十一個月，如霧，如露，轉眼散發。

有天，我經過阿崇家，門外晾著軍服，驚見衣肩出現一槓。我知道，他升少尉了！此後，每當路過他家，我會特別留意軍服的晾曬。

一段時間後，某次再路過他家，赫然發現已是兩槓，中尉了！我彷彿從他的衣肩找到時序，看見春秋流動，展閱一種人生速度。

直到有天，我在飲料店遇見阿崇。這些年來，他的皮膚變得粗糙、額紋增加、髮線退後。老化速度比我預期的快。

阿崇的話卻變少了。

那天他簡單和我提到他父親最近二度中風，左側徹底癱了，手舉不來，腳抬不起。等會得去醫院探視父親，傍晚前再趕回營區。

我突然憶起他父親曾經閃著梅花的肩，如今卻塌了。

「謝謝關心。」阿崇說完，拎著一件剛熨好的軍服，跨上機車，便陷入車陣中。

盯著軍服上靜靜的那兩槓，漸小漸模糊，我不清楚那些空白的日子裡，他是如何過日。似乎，他一直想以肩撐出什麼，或扛起家裡的什麼。在虛無的肩章下，面對最真實的人生。

我祝福他。歲月會粉飾一切，他那雙架在虛實之上的肩，有天，便更能承載人生的重量了。

——本文獲二〇一一年第一屆打狗鳳邑文學獎散文優選

腰之割讓與租借——誌腰

如果肉身是領土，腰是用來割讓與租借的。

我常在《壹週刊》或《蘋果日報》看見那樣的照片：某男星和女模，戴墨鏡，帽緣壓低、靚潮打扮，出入夜店或旅館。鏡頭常是五指相扣，接著一個勾肩、摟腰的側影，然後喇舌。

二〇一一年，我在雅虎新聞網頁看見一則報導：英國肢體語言專家指出，情侶或夫妻拍照時，女摟男腰是一種主權宣示，告訴其他女性：這是我的男人，你們不准碰。報導列舉知名影星湯姆克魯斯（Tom Cruise）之妻凱蒂（Katie）、球星貝克漢（Beckham）之妻維多利亞（Victoria），她們拍照時都會摟住先生的腰。

在我的字典裡，「摟腰」向來是在說：有一部分被屬於了，一種關係自腰際排山倒海而來，將我們環伺、圈限。

「他們在一起了。」好幾年前，我在一次聚餐中，和Steven說。

「你怎麼知道？」

「昨天我在車站等車，看見阿木騎車載她。她摟著他的腰。」

「真的還假的？」

阿木是我的高中朋友，剛滿十八歲就急忙考機車駕照。他載過很多女孩，每隔一段時間就出現新對象，我們對他的情史很混淆。然而這迷亂的情路，很快地在他廿五歲那年就定型、明朗了。他結婚了，五個月後成為人父。

我常藉摟腰與否判定機車上這對男女的關係、戀情的溫度——情侶？學伴？怨偶？（可能也不會共乘）；發燒？冷卻？冰點？

摟腰那曖昧的本質，總是八卦的肥美養料。

那是二〇〇六年的事了。

安琪拉來台前，寫了一封信給我。信中說，幾年前她曾到過台北，最深刻的記憶是騎機車。一位男大學生騎車載她劃過市區，在深夜的忠孝東路上風馳電掣。

士林夜市、敦南誠品、西門町、淡水……她列出旅遊清單，最後不忘說：可以的話，載我一段，想念機車上的風。

之前我曾藉學術之名到過香港某大學，當時安琪拉招待我們從旺角、油麻地一路玩到尖沙咀，縱橫九龍，還探索了重慶大廈。或許基於這樣的情誼，我特地北上赴約。

安琪拉和友人下榻在南京東路上的酒店。那晚我向一位在陽明大學唸醫的朋友借了重型機車，從石牌騎往她的酒店。

「要去哪呢？」我問。

「不知道。看你囉！」

「不然，就忠孝東路，像動力火車那樣，我們來騎九遍。」我笑說。

其實我對台北並不陌生，但在市區騎車是我的夢魘。比起其他縣市，台北的機車騎士要更懂得鑽。在公車與汽車間的縫隙，鑽呀鑽，競逐車道，走走又停停。

我們就這樣單純為騎車而騎車。車過國父紀念館，我開始感到腰際被隱隱碰觸，慢慢地，腰被半摟著，之後，約略八成的腰圍被摟罩住，從此懸住不再進展。

那是怎樣含意的摟腰？有一種試探、張望與卻步的況味，我思索著。

我知道她是有男友的。她有寫網誌的習慣，總將生活瑣事放上，因此我知道，她來台前一週，才剛和男友到過銅鑼灣曬恩愛。

「香港都這麼大方啊？」我還是委婉地問了。

「又不是坐在大腿上。」安琪拉說。

我有些後悔問出口，但還是感到納悶。或許國情與風俗會模糊腰的意涵，文化就此在腰際交錯。然而無論如何，摟腰在台灣還是引人遐想的。腰的地位敏感，佈滿愛慾支線，它的開放是一種進階版的情誼，把主權釋出，讓渡給情感，成了幸福的租借地。於是，腰總能演繹許多話題，最讓我記憶深刻的，大概是二〇一〇年一樁引發社會譁然的判決。

內容大概是這樣：一位已婚科技公司副理，在一次聚會中，強摟女部屬之腰長達十秒。女部屬提告，一審宣判副理拘役四十天。但案子後來到了高等法院，法官認為露腰是女性慣常穿著，單純摟腰與《性騷擾防治法》所規範的需碰觸臀、胸、私處不一樣，因此無罪定讞。

這份判決後來引發婦團強烈反彈。某媒體甚至做了民調，逾七成民眾認為摟腰是性騷擾。

「那是親密舉動啊！」新聞上受訪的路人說。婦團也傾向修法，不再侷限性騷擾之範圍為臀胸，任何身體之不悅侵擾皆屬之。

然而，並非每個腰都誘人摟抱。

「醫生，我要減肥。」有天門診來了一位病患，她捏著腰際一整圈的脂肪說。從對話中讓我感到她是一位愛恨分明的女性。離婚後，隻身飛往大阪旅居。起先食不下嚥，一段時間後開始暴飲暴食，體重因而失控。目前和一位日本男友同居。

「等會量個腰圍，然後你回家要寫飲食紀錄。」我遞了一張表給她，希望她詳實記下膳食細節，下次回診供我進行熱量計算。

「可以直接吃減肥藥嗎？我的老公都不抱我了。」她半開玩笑說著。

游泳圈、鮪魚肚、啤酒肚、直筒腰，現代醫學越來越強調代謝症候群（metabolic syndrome）的概念，「腰圍」便是其中一項評估重點，反映了腹部脂肪囤積多寡。太多研究指出腰圍與日後糖尿病、心血管疾病之相關性。而台灣地區新制成人健檢已要求常規量測腰圍（廣告：四十歲以上國人每三年可免費檢查乙次；六十五歲以上每年乙次）。

然而腰圍的量測是有法則的。皮尺必須繞在側腰骨盆上端與肋骨下緣之中點，平行地面，於吐氣後量取。在台灣，男性標準為九十公分以下，女性為八十公分以下；歐美地區則因人種之異，標準略寬。

只是年過三十，腰圍的意義開始膨大。有天我在門診教一位卅初歲的工程師量測腰圍，猛然意識到自己的腰圍也無聲無息地增長。

皮帶的洞是一把真實的尺。實習時買的皮帶，如今洞口已往外跳了兩格。而更真實的尺是買褲子。

「幾腰？」店員問。

「卅一吧！」我停留在大學時的腰圍，試穿了幾件牛仔褲，才驚覺已來到卅三腰。

有次行經捷運站外一間健身房，一位男孩發了張傳單給我。

「你想練出阮經天的公狗腰嗎？專業教練指導，保證速成。」傳單上這樣寫著。

我隨口問了男孩：「公狗腰有什麼好處？」

男孩想了一下，笑說：「增加性能力。」

說實在，我唸了七年的醫學，很少看到這類文獻。然而我想，這種「沙漏式」的公狗腰畢竟是一種理想狀態，就健康面而言，比起滿腹肥油，鐵定是有助益的。

●

前陣子我回高雄與老友聚餐，阿木是其中一位。那天他帶了五歲大的兒子來。這位年少時常騎車被後座女孩摟抱的男孩，如今是個徹底的爸爸了。他的身型有些走樣，肚腹前凸，和高中時的精瘦很不一樣。

朋友不時調侃他的身材，「當爸爸以後，少運動多勞動，腰圍一直增加。」他無奈解釋著。

餐後，我看見阿木從騎樓牽著機車，然後替孩子戴上安全帽。小小頭顱蓋著偌大安全帽，有些突兀。

阿木坐定後，孩子便爬上後座。然後他戴上安全帽，發動引擎。

「抓好了沒？」阿木轉頭問孩子，孩子點了頭，不久就騎走了。

我看著孩子緊緊抱住他的腰，安全帽頻頻頂到他的背。就在那一刻，阿木或許早已意識到，他的腰已悄悄讓渡了主權，給了另一段人生來租借——屬於孩子，屬於責任。

——原載二〇一二年六月《幼獅文藝》七〇二期

腕上人生——誌腕

一、

城市生活裡，與朋友小聚，難免聊到看人的第一眼。城市是外貌的，五官常是首選，次多的大概是身材比例與穿著品味，接著是臀、乳、腿、腰、肩膀，難分軒輊。偶而一些歧出的答案，比方牙齒、指甲、髮質、頸，零零星星，自有鍾情者。

而我看人第一眼是臉，第二眼是腕。

解剖圖譜翻到上肢章節，其中一頁是腕的横斷面。窄仄空間裡又分隔許多小室，寸土寸金，十多條重要肌腱穿行於此，牽動繁複手骨，支配起高難度手部活動。

腕，是稠密的，像香港的住宅，也像密麻的劄記。而醫學上，則形容腕是一條隧道。如此，該像收假時北上方向的雪山隧道。

腕隧道症候群（carpal tunnel syndrome），解剖課必提的腕部疾病。那是一條通過腕部的神經——正中神經（median nerve）——受壓迫而引發手麻的疾病。此現象在十九世紀中葉，一位橈骨骨折的病人身上首度被發現。一九三九年，文獻上第一次出現「腕隧道」這個詞。近來，隨著電腦打字、滑鼠使用人口普遍，此疾有增加趨勢。

媽媽手（De Quervain's tenosynonitis）則是另個必提的腕部疾病，主要是拇指外側兩肌腱發炎所致。然而此疾並非母者專利，男女老少均有。有次門診來了一位廿八歲男子，欲申請職業災害。細問之下，他是一位安全帽製作員，每天和同事兩人製作五百頂左右的安全帽，每頂安全帽得用拇指按壓其上零件，終導致拇指彎曲劇痛。

職業與日常就在腕上留下腳蹤。腕，是有故事的。男人的腕，女人的腕。戴佛珠的、掛玉環的、困手銬的。或苦工、或貴氣、或嫻熟、或笨拙，風風雨雨，伸縮於市井，收放於人間。

二、

我看腕，也摸腕。

沿著拇指滑下，碰觸橈動脈的律動。我總是按著腕，看著秒針，默數心跳。腕結合生命與時光，是人生的計時器。

西醫對於「把脈」沒有過多著墨，頂多就是評估脈跳與強弱。但在台灣聾啞人士的手語裡，是以「把脈」的動作，傳達醫師意涵。

偶爾，我會按到疤痕凌亂的腕，以刀疤編年紀事——外遇、分手、失業、負債。

「不用縫了，讓我死了算了。」有次，在急診替一位醉酒割腕女子縫合，算一算，兩腕刀疤，新仇舊恨共十七條。

她讓我想起阿柴，服役時認識的二兵。他高瘦，初始被士官長暱稱火柴棒，之後竟演變成阿柴。

一天晚上，我接到一通電話，嘈嘈雜雜，只知道有位弟兄被發現倒在浴室，手腕流血。

「應該沒吞藥，只是割腕。你要好好處理、包紮，絕對不能讓外面知道這件事。」上級指示我。

不久，阿柴被送來醫務所。他是清醒的，手上一道輕淺刀割，不到需要縫合的程度。消毒止血後，我留觀他一晚。

經過會談，我大概知道阿柴近來因遺失一只公用對講機，加上站哨打瞌睡，被學長盯上，備感勤務壓力大。我試著聯絡他的父母，父親外遇，母親離婚，扶養他的爺爺住院。

「都快廿歲了，還這麼不會想。以後再割腕，不用通知我們，想引人注意！」阿柴的家屬在電話中和我說。

從阿柴割腕事件之後，我知道腕上是有心情的——以此銘記哀傷，讓遭遇自腕上滴下、結痂、掉去。

三、

我看腕，更看腕上的錶。那是腕上最精采的事。

有次，我的朋友Jane從曼谷回來，她買了一只名錶，擔心贗品，問我是否有朋友能鑑定。我很自然想起小鬼，他和阿柴一樣，均是服役時認識的。小鬼小我幾歲，卻給人一種鄰家大哥的印象，善於打圓場、調停糾紛、早熟於進退。

入伍前，小鬼有過幾段工作經驗：先是麥當勞做漢堡，接著在家樂福美食街與師傅學鐵板燒，過起朝十晚十、月休四日、薪資二萬五的日子。

後來，小鬼離開故鄉。起初，朋友介紹他到花蓮車站，工作簡單：攔截出站情侶，推銷民宿或出租機車。幾個月後，一位朋友告訴他，一則關於販售CASIO G系列的獲利故事。小鬼於是辭去工作，批來一些造型錶、手機吊飾、項鍊與耳環，在台北街頭擺地攤。

因為奢想暴利，不久，小鬼開始兼售仿錶。那陣子，青少年流行戴「F4錶」，那是朱孝天戴的一只米蘭鍊帶超薄錶。小鬼批了一些，同時也鎖定SWATCH、DIESEL與SEIKO等品牌腕錶。他以手提皮箱為核心，將仿錶，也將生活鎖進箱內——一種避光、不透氣、背對鐘面的人生。提著皮箱闖蕩夜市。當警車逼近，哨聲響起，他迅速收妥皮箱，鑽進防火巷內。警報解除後，重新攤開皮箱，照常交易。

一些時日後，小鬼就剃髮、戴鋼盔、著迷彩服入伍了。退伍後，持續以販錶維生。

後來我打給小鬼，與Jane三人約在市區一間lounge bar碰面。

那天小鬼提著皮箱赴約。他在沙發上打開皮箱，裡頭真偽參半，有勞力士、香奈兒、Longines、Patek Philppe等品牌，也有結合時代概念與特殊功能的錶，如運動錶、登山錶、潛水錶。

我和Jane好奇這些錶的身世，但小鬼說詞跳動，許多提問都忽略，很快轉移話題，將重點放在Jane的錶上。

不久，小鬼逕自伸出手來，越過桌面中線，拿起對座Jane的錶賞玩，幾分鐘後，淺淺微笑，在致命的剎那說：「這是假的！」

Jane愣了一下，但反應不是太激烈，她其實早有心理準備，廉價與名錶是無法並存的。

小鬼開始從錶的手感向我們分析真偽。他說，偽錶多為廉價銅鐵打造，捧於手心，便能感知重量不及名錶；偽錶也多以K金製殼，色度是揭穿謊言的線索；此外，從貴金屬烙印、機芯細膩度、鑲鑽技術，也能斷定真偽。

接著小鬼拿出一只半真半偽的勞力士，係由假錶改裝而成，但機芯是真的。他透露，錶殼上的流水號是能重刻的，保證書亦能偽造。他像是盜取情資的間諜，伏臥在鐘面後方，把這個看不見的人生，向我們曝光。既善且惡，誠實的假貨零售商。

接下來的時光，小鬼陸續拿出一條條腕錶，一招接過一招，教導我們拆穿冒牌伎倆。我發現這位以仿造錶謀生的小鬼，因為不實，而敏銳於真實；從騙術的世界，推演出實情的世界。他似乎比一些鐘錶店老闆，更易看清假貨面貌，那些他無法識破、遠離他生活圈的，才是真貨。

不久，小鬼拿出Jane的錶大作文章，以錶看人，分析Jane的個性。

「選這款錶的女孩，都較清瘦，有點憂鬱情緒化，帶著厭食的骨感。妳是嗎？」小鬼說。

他說賣錶要先學會看人，由外至內，以有效推薦錶款。我問小鬼適合我的個性錶，他隨即聯想到DIESEL那款白色任務電子錶。

「錶是有性情的，這款日系潮流錶，結合科技、冷靜，非常適合你。」他解釋著。

我半信半疑，他講到一些連我自己都不清楚的特質。我問小鬼喜歡的錶款，他拿出一只銀白色、具蜂巢紋路的DIESEL鋼鐵錶。這款錶有豪邁的個性、時尚的冰淨，卻又浮現一種溫柔，呈現混搭的美感。

Jane似乎對箱中的錶產生興趣。而小鬼也開始向她解釋錶款，從面盤、機芯、刻度、錶冠、指針、錶帶、日期窗……他說得圓滑，完全沒有年輕人的生澀魯莽。

小鬼讓我們試戴幾種不同錶款，設計多元，有以六〇年代電視螢幕為靈感的、聚寶盆狀的、迷彩戰士風的、不規則時標設計的、後現代立體感的……它們各有情定的主人、對應的性格，或復古紳士，或都會雅痞，或飛翔型男……彷彿把人生百態鐫刻於錶面，戴於腕上。

「可以借我十萬嗎？」試錶後，小鬼突然問我。

我感到突兀。十萬元對我來說是筆大數目。我向來不喜借錢給人，特別是借給一位身世未明的朋友。我知道是有去無回。

我終究是婉拒了小鬼。為了表示些什麼，挑了一只錶買回。會後小鬼收拾皮箱，說要趕去夜市，有筆交易得進行。

坐在回家捷運車廂內，我靜靜端詳這錶，時間是晚上十點，人們正準備卸下今日的勞碌，而小鬼正準備一天的開始——在鼎沸的夜市，展售錶款，頻動脣舌，同時環伺四方可能的臨檢，展開一種充斥議價與防衛的生活。

我盯著錶上的秒針，滴答——滴答——。這一刻，偽錶上的所有指針和真錶一樣，都以同一種頻率轉動，推移時光，延展生命。

我突然明白，腕上這只最不實的假錶，其實包藏了最真實的人生——奢華表面與拮据內在，虛張的富裕，矛盾的混搭。

四、

如今，生活大半都在門診裡。我固定按著病患的腕計數心跳，偶爾會摸到每分鐘一百五十下的心跳，或三十下的心跳；偶爾也會瞥見腕部刀疤、撩亂手飾，甚至戴上手銬獄外就醫者。

有天無意間在CNN看見一則報導，關於一年一度巴塞爾世界（Basel World）鐘錶珠寶展。這次展覽在瑞士舉行，吸引全球記者近三千名、廠商逾兩千家聚集於此。

在那一集裡，記者介紹了香奈兒J12系列鑽錶，據說，錶上共有七百顆斜方小鑽，價值七十五萬美元。我盯著鏡頭裡攤在記者手中的錶，彷彿有靈魂，嬌嗔又高傲；記者也介紹了Ebel一系列以運動迷為消費族群的腕錶，結合體壇時事與球星；此外，還有de Grisogono推出的一款市價卅七萬美元機械錶，它擁有電子錶外觀，聽說花了九個月費工打製，開幕第二天就售出六成以上。

不久，報導進入尾聲，記者在走道上說了一段話：An industry revolved around keeping time must keep up with the changing time.（一個以time為中心繞轉的產業，必須趕上變化的time。）

我思索記者口裡的time，無論翻譯為時間或時代，都讓我想起小鬼。此時此刻的他，或許正提著皮箱，搶佔夜市一角，那些任性的、沒有交易手法的時光，永遠過得太快，只存在年幼的鐘面。他必須勤追時光，比同齡朋友更早工作、還貸款、熟悉法律。在早熟的節奏，與世故的聲腔裡，學會過一段屬於他的腕上人生。

——原載二〇一〇年十月《國文新天地》第二十四期

楊桃阿嬤的手——誌手

那是正午時分。我剛結束看診原欲離開，卻有人敲門。

「我要掛號。」門開，一位阿嬤嚷著。她個子矮胖，上半身前傾，拎一只小飛俠圖樣背包，拄素色雨傘，走路一跛一跛。臉上全是趕路的氣味。

我看了她一眼，頸上掛著身分證、鑰匙、健保卡，還有一副眼鏡，鏡框上貼張小標籤，上面寫著一串數字，像是電話號碼。她不識字，只會說閩南話，一人就醫，對掛號流程毫無概念。

阿嬤說，幾天前早上八點吃完飯去盛綠豆湯，就昏過去了。醒來時，往牆上一看，九點半，她臥在翻覆的湯汁裡。

我循她所述，逐一釐清始末，也全身端詳一番。我很疑惑：為何失去意識倒下，身上卻無任何擦撞瘀青？我開始擔心自己漏聽了什麼，或誤解某些台語意涵。

我向阿嬤解釋昏厥的原因，她毫無反應，偶爾就接了一句離題跳tone的話。迷茫的眼神似乎告訴我，她其實聽不懂。

「先驗血糖吧。」我說。

「要吃血糖的藥？」她似乎沒有會意過來。

「驗血糖。」我重說，並攤開手，比一個針扎的動作。緊接著，她也攤開手，然後猛點頭，說：「我知道，以前看醫生都會扎血糖。」

我清楚記得她攤手的那一刻——五指短小粗肥，指縫汙濁，指甲面龜裂。掌紋是黑的，沉積著塵砂與汗垢。

「血糖太高了，有按時吃藥嗎？」看完她的血糖報告，我問。

追問之下，才知道停藥已三年。之前她在某教授門診控制，後來嘗試中醫，不久又改以食療，然後就徹底遺忘血糖這事。

我替阿嬤擬了檢查計畫，並預約回診。

「我只能透早來。」阿嬤說她住楠西，客運班次少，必須先搭到台南，再轉公車到醫院。下午一點四十分的客運若趕不上，就得等到四點半。

兩週後，第一次回診，阿嬤出現了。我的第一個感覺是：很意外。我從不覺得她能順利完成檢查且回診。

「還有昏過去嗎？」我問。

「沒有。」她說。

由於二十四小時心電圖出現多次心律不整，甚至暫停幾秒，我將阿嬤轉介至心臟內科處理心律問題。

「阿嬤，今天還是要驗血糖。」我說。

她攤開手，像上回一樣，指縫是髒的，掌紋是黑的。

我和她說：「心臟要處理，血糖也要控制。要回教授的門診追蹤嗎？」

「在這裡就好。」她說。

「為什麼？」我問。

「教授的診不好掛，要等很久，會趕不上車。」她說（有點難過是這個理由）。

語畢，阿嬤和我小聊，說著說著就提到她家種楊桃。嫁接，施肥，套袋，現正逢採收，生活秩序稍亂，上週開的藥有幾天忘了吃。

那天之後，我暗自替她取了綽號：楊桃阿嬤。

不久，第二次回診時間到。對於她的回診，我仍充滿不確定感。那天十二點過後，她果真未出現。坦白說，我有些難過。那時我還是第一年住院醫師，仍在摸索看診模式，有些抱負，也有些脆弱，對於未回診病患，總有過多負面揣測：我是不是太差了？不夠強？不夠老成？我這麼想。

隔天中午，我接到電話，有患者在等我。我從一場會議中離席，至候診區一看，是楊桃阿嬤。原來她錯過昨日早班公車，索性今日就診。

往後幾次，楊桃阿嬤陸續回診，血糖也趨穩定，但時間都逾中午。我發現她很隨興，無視繁瑣的診次與診號，只知道把回診單丟給志工，有人就會聯絡我幫她看診。漸漸地，我們形成一種十二點半的默契——以客運時刻為轉軸，十二點報到，十二點半看診，一點批價領藥，然後趕上一點四十分的車返家。

糖尿病病患是我的門診大宗，就診第一件事就是扎血糖。我常在診間看見一雙雙剛扎針、按著酒精棉片止血的手——脫屑的、繭化的、乾燥的、青筋暴漲的、夾藏菸味的。指上每滴血，化作數據，靜靜言說血糖起伏、饌食起居——年節到了，圍爐加菜，血糖肯定又要高起來；仲夏時節，猛灌清涼飲料，佐芒果吞龍眼，血糖又是一高峰。一種微妙的血糖節令在紀錄簿上更迭著。

有次一位廿六歲男孩，因暴渴消瘦就醫，血糖一扎，五百多。後來確診為第一型糖尿病，我向他解釋胰島素注射的必要。他恭聽，神色鎮定，雙手卻一直揉著止血棉片。那雙手，微微顫抖，是一種否認、存疑、與不甘。

「要打一輩子的胰島素嗎？」男孩問。

我懂他的感受。他小我兩歲，這歲數的人，總以為慢性病還很遙遠。

前陣子，楊桃阿嬤又回診，但血糖不盡理想。我照例問起她的喫食。

「很清淡！白飯、肥肉、甜食都很少吃。」她說。

「芋頭、番薯、飲料有吃嗎？」我問。

「很少。」她說。

「吃魚有把皮拿掉嗎？」我又問。

「我沒吃魚皮。」她說。

怪了，食簡如此，為何血糖無法控制下來？我感到困惑。

「水果呢？」我再問。

她起先搖頭，之後才想起最近食入大量楊桃。

她開始聊起近來楊桃量產，價格卻是新低。她怕浪費，每天都吃採剩的楊桃。或以小火燉甘蔗熬煮，湯汁甘爽甜馨；或製成蜜餞、果醬、果乾，留存一季的風味；或橫切如星，灑鹽去青，以白砂糖醃漬，置入冰箱，既酸且甜。

她越說越開心，血糖離她甚遠。楊桃樹才是資產，亦是生命。

她在我面前攤開手，檢視方才扎針處是否繼續出血。那手如故，指縫是髒的，掌紋是黑的，但掌心多了一道疤，暗暗紅紅的，是三天前採收楊桃割傷的。

「阿嬤，休息幾天吧，別摘楊桃了。」我說。

她說不行，今年價不好，成本考量無法雇臨時工，得自己採收。

看著一頁頁的血糖記錄，每個數據就是一次手指的針扎、一次到院前的車途顛晃、一次十二點半的默契。我想著那雙髒汙的手，曾經搬運瓜果，曾經料理三餐，曾經洗衣晾被，更曾經給過一位年輕醫師信任，以及初出的勇氣。在醫病緊張的年代裡，突然覺得很感激。

——原載二〇一二年五月《幼獅文藝》七〇一期

Flashing Knees——誌膝

漸漸地，我發現膝在人體有一項重要功能——分段。就像公館，在台北往新店或中永和的公車上，扮演兩段票的分段點。

二〇一〇年的某天，台北時報出現一篇報導。記者說，印尼爪哇島名勝「婆羅浮屠佛塔」（Borobudur temple），近來有項新措施：未來所有露膝旅客，將被強制圍上沙龍裙，以維護廟寺莊嚴。

記者用「flashing their knees」這個措詞，表示穿短裙、短褲等露膝舉止。Flashing，在華文裡常解讀為閃光，隱含一種明暗不定、閃爍迷離的意境。用在此，彷彿暗示著肉體的忽隱忽現，是試探，是輕浮，相當傳神。

我想起國中時，班上女孩被要求的裙襬長度——過膝。違規就是一記警告。師長說，女孩有家教，穿裙就不露膝。似乎膝是一種度量尺規、儀態法則，把好學生與壞學生做了分界。

然而不管 flashing knees 的廟規或校規，背後其實是在說：膝是肉慾的分段點。膝以上，遐想漸增，曖昧潮濕；膝以下，負重漸增，務實耐勞（甚至香港腳）。

至於膝本身，是一種人生年輪，紀錄磨損風化。關於這點，老人感觸最深——那用過一甲子有餘的膝，腫過，痛過，也僵過，甚至彎了便喀喀作響，隆隆欲裂。

「退化性關節炎。」醫生解釋著。減重、口服維骨力、注射玻尿酸、置換人工關節，招式常是這些。

「會不會有天再也無法走路？」我想起阿嬤那些不良於行的日子裡，每當坐上輪椅，總會這麼問我。

膝是老化版圖的前線。當膝失守了，部分人生也開始失守了。於是，膝似乎比白髮或老花眼，更讓人清楚意識到時光流逝、肉體崩壞；或者，相反地，讓人反證青春依舊，體力依在。

那是血氣方剛的高中男校籃球場。我認識一位體育班同學，他叫猴子，身高一八六公分，是籃球隊中鋒，打過高中聯賽。放學後行經體育館，常可見他運著球在球場上急停，蹬地，飛跳。靈活的膝關節，是青春正盛的證明。

但高三那年，猴子在一次比賽中，意外斷了前十字韌帶。此後，終止所有籃球活動，療養好一段時間。不久，淡出籃球生涯。

膝，就在此時對猴子進行人生分段——一段輝煌的籃球人生，與一段復健中的未知人生。膝撐起也毀滅過許多運動員的人生。韌帶斷裂、半月板破損，故事從此改編。

膝之貴重，從運動員到凡人皆然。常聽人說：「男兒膝下有黃金」，男兒不該輕易屈膝求人，膝是一種氣節、尊嚴，負著比體重更重的生命重量。

膝，更是一種輩分，不能踰越，是長幼的分野。古人曾說「承歡膝下」，子女依附雙親膝下，後人於是以「膝下」意指幼年子女，即使，那雙膝已經嚴重退化，輩分仍在裡頭屹立。

「會不會有天再也無法走路？」

後來，阿嬤就不曾問我這話了。那一刻，當她腳力不支，跌倒臥床後，我知道膝也在她的人生做了最後一次分段。幾年後，她離開我們。

Flashing knees，有時我會不經意想起台北時報的這個措詞。裸露也好，隱藏也好，膝總在城市角落替不同生命做不同分段。

某日午後，我在雪梨喬治街上，買了一條單寧露膝牛仔褲，純粹喜歡這種破洞與仿舊的設計，有些粗獷，有些不安分。或許在行走自如的年華裡，衣竿上還是得多些露膝牛仔褲，好曝曬膝蓋骨型，並且在生命分段以前，做出果斷的急停、蹬地與飛跳。

——本文獲二〇一一年第一屆新北市文學獎小品文第一名

我那走過香港的腳——誌足

癢。

夏季之浪，足癬之潮。

浴場，沙灘，泳池，三溫暖。汗水撲撲，鞋襪濕濕，足膚如沃土。孢子顆顆飄落，菌絲條條伸張，一座陰暗熱鬧的足底生態，在磨蹭裡日日興旺，高歌不歇。

每到夏日，我總要經歷一陣子的「隔靴搔癢」。因為工作關係，得穿皮鞋，抹得油亮亮，病房、診間、討論室，疾行趕場。

看診、查房、開會……只要思緒單一，專注手上工作，我往往就忽略了足上騷動；一旦坐下，開啟電腦，思慮便鬆懈，癢於是從足底放大，此時特別容易感知到癢的存在。

堪不起「搔不到癢處」之擾，我索性脫下皮鞋，讓裹襪的雙足，在辦公桌下相互摩擦，推擠，甚至近乎械鬥。往往，要摩到痛，癢的感覺才被壓抑下來。

「奇怪，怎麼有人在寫毛筆？」一位同事經過。

「呃，剛才好像有人在這裡吃魷魚絲。」這令人局促的瞬間，我會撒個小謊，輕輕地，什麼事都沒發生。

每當下班，行經城裡亮著「泰式足底按摩」的養生館，嗅見精油花香，我總奢望足底經絡，享受一場忘我的按壓。但想到這雙鄙陋的足，我卻步了。

拖鞋、造型夾腳拖、涼鞋不用說，就連穿只露腳跟的勃肯鞋都得謹慎。我得思考出席的場合會遇見什麼人，就害怕雙足洩漏了我光鮮皮鞋內的祕密。常常最後還是選擇帆布鞋或慢跑鞋，縱使炎夏無風，讓醜事躲於悶鞋裡，安心地惡性循環。

抗濕疹、抗黴菌，單用或併用，這些藥膏我都擦過，但每天裹襪穿鞋長達十多小時，治標不治本。我開始講究襪材。竹炭襪、奈米襪、排汗襪……一列列的襪子，抗菌的、除臭的、透氣的、薄涼的、負離子的、孟宗竹的，各持理由，讓人眼花。

有天，我和一位來院見習的香港醫學生吃飯。我們聊了許多港台生活差異，話題突然來到香港腳。

「你同意香港腳嗎？」我問。

「其實，我有香港腳。」他說。

我們兩個大笑。「香港」這鑲金的詞彙，當作形容詞時，帶有奢華，是名牌的、時尚的、物慾的。只是用來形容腳，就變質了，是挨蹭與苦行的。

據說，當年英國佔領香港，每隔一段時間便得遣軍來港。一年夏季，軍隊已至，卻因氣候惡劣無法即刻上岸，只好坐困船艙。因為香港氣候潮溼，船上一片溽氣，慣於高緯度的英國士兵足上開始出現水泡皮屑，既紅且癢，以為香港之流行病，稱之香港腳。

雖然香港腳似乎是英國人創造的語彙，但對多數歐美民族卻很陌生。學生時代，我曾招待一位奧地利交換學生。他是個會偷吸大麻的醫學生，愛喝酒、搞派對、吃台灣小吃。但對Hong Kong foot很陌生，原來他們稱之為Athlete's foot，運動員腳。無論俗名為何，指的都是足癬。我才明白，足癬跨越歐亞大陸，是流汗者的共同語言。

對於香港腳，我的閱歷大多來自軍旅。軍中讓香港腳集大成，浩浩蕩蕩，標本性呈列，所有教科書告訴你的圖譜，都在這裡找得到。

香港腳其實大多時候是不癢的，當病程嚴重或合併濕疹，才有癢覺。當醫官時，我看過各式脫屑的、發紅的、膿皰的、裂痕的、酸敗的、大片剝落的足癬。它們有的僅長於趾縫間、有的爬到足背、有的蔓延足底、有的甚至因搔抓感染，引發蜂窩性組織炎。

所以在部隊裡，我格外提醒自己，切勿穿錯鞋子，特別是樣式一致的白豹鞋與藍白拖。素簡的色調裡，藏著滿滿的不安。雖然如此，我生平最嚴重的一次足癬，就發生在服役時。病灶從趾縫擴展到足內緣，再爬上足背。我試過各式藥劑，有乳膏、凝膠、滴劑，也試著剪去厚硬的皮層，讓膏藥更易滲透。但表皮脫了又長，長了又脫，劇癢無比。

有天，我從醫藥箱搜出一包足爽，差九天就過期。我在鋼盆倒入約三公升的沸水，接著灑入足爽，攪拌，俟溫度冷卻，雙足浸入，開始泡。

整個浸泡過程，我不斷想起一則廣告，然後整腦子都迴盪著：「香港腳香港腳癢又癢，用了足爽就不癢。」我發現，因香港腳來醫務所的弟兄，最常問的就是：「有足爽嗎？」他們總輕易地想起這首歌。啊！那是集體的鄉愁哪，比國歌還深刻的傳唱，是我們從小被電視植入的記憶，聽覺的世代連鎖。

擔任醫官數月，我注意到軍中的足癬無階級之分，亦無貧富之分。就連那不出操、埋首於室內的高勤官，也時常向我討抗黴藥膏。只是比起庶民小卒，他們有人出手多了霸氣，具了官僚，顯得盛氣凌人，有時甚至是搜刮。

有次，我搬一箱剛撥補完的藥材回醫務所，一位上尉軍官毫無法紀地，大肆搜刮他想要的成藥。拿到了，人走，一句話也不說，留下凌亂的藥品。

還有一次，一位校級長官，用怒斥的聲調問我：「醫官，我的療黴舒呢？你什麼時候給我？再等下去我的腳都要爛掉，被剁掉啦！」

我被雷劈似的，現成抗黴藥膏他不用，指定當時火紅的噴劑型療黴舒。這新品標榜輕輕一噴，清爽、不黏膩、殺菌力強，只是售價貴了些。於是每月後勤撥補的三千元藥材費，就有不少比例拿來支付他的療黴舒。我想到就氣，有種被勒索的感覺，卻敢怒不敢言。

如今，退伍多年，噴劑型療黴舒已退潮。藥商近來推出「一次療程」的特效藥。據聞，沿腳趾、腳掌、腳側表皮塗擦此藥一次，便能形成透明薄膜，廿四小時內勿沾水，藥物將傳抵角質層，持續殺菌濃度達十三天。

我對這項革命性產品感到瞠目結舌，想著這燠熱的島嶼，空氣漫涵黴菌，香港腳似難根治。或許就像若隱若現的記憶，偶然想起，就偶然發作。它融為生活，在足底版圖消消長長，歷經興衰；它確實曾徹底在我足上消跡，卻在短短一個月內滋滋長起，以糾纏的怨偶關係對立著。

有時，香港腳對我來說不是一種病，而是一種感覺——一種又癢、又恨、又難以報復的感覺，一如當兵。

——原載二〇一〇年六月二十三日《自由時報》副刊

踮起腳尖的日子——誌趾

小學時，有次父親整理老家，在書櫃最底層、一排老相簿後方，搜到一包方狀物。方狀物以報紙裹身，悶在霉味濁重的角落，受盡委屈。

我們粗糙地撕開報紙，像剝開一層又一層的時光，然後愣住了——是一雙鞋！它小的驚人，卻貴氣凌人，好一雙三寸金蓮呀！

我拿起鞋，鞋上盡是繡工。底部有個木質墊跟，繡上綠龜，口中吞著紫煙；鞋身則緊連一個長筒狀布套，橘黃色，上、前、後方分別以藍、綠、紅緞帶鑲邊，左側繡龍，右側織鳳，另有祥雲、松枝、羽葉、草苗與鹿隻。雖然織線有些掉落，色彩染汙褪去，但我仍能想見，百年前這鞋必定光鮮，亮橙橙。

而鞋底狀似一枚葉，色度青灰。從色澤與磨損來看，我推測這鞋不是裝飾品，而是踏踏實實、被穿過的鞋。

那年我小四，隱約知道中國古代有個習俗叫「纏足」，女子自幼裹小腳，足型尖削而疼痛。我將這雙三寸金蓮拿來和自己的腳丫比對，鞋底勉強納得下腳趾；拿尺一量，七公分。面對那麼一雙十歲男童腳趾大的鞋，我不禁懷疑：腳真能纏得如此小？那時，我天真地以為，我的先祖踮起腳尖來走路，顫顫巍巍，行咫尺，腿肚便痠疼。

事後，我們曾試著查證這鞋被誰穿過？為誰擁有？但沒人能解答。問阿嬤，她說不知道，而阿公離世問不到了。因此我們粗略地推測，這鞋應該是阿公那條族系的遺物。

我家沒有蒐藏骨董的癖好，對於古文物的敏感度也不佳，很快地，這雙三寸金蓮就被塑膠袋套起，暫置在一個陳舊的紙箱內。就這樣，大家都遺忘了它。直到有天學校社會課，老師要小朋友帶一件家中最特別的東西來分享。我想了想，這雙三寸金蓮肯定沒人見識過，於是向老師說，我要帶一雙「世界最小」的鞋。

「該不會是你嬰兒時穿的鞋？」老師問。

但回家後，翻箱倒櫃，塵埃落了一地，卻遍尋不著。三寸金蓮不見了！

「會不會上次和那箱衣服拿去回收了？」母親有些懊惱。

我們對三寸金蓮的去向感到凶多吉少，開始後悔當初沒有好好保管它。

後來，我偶然會在博物館或文物展覽裡邂逅三寸金蓮。我總停下腳步，立在櫥窗前，端詳那足下最華美的工，然後歎息著：我家曾經也有那麼一雙鞋呀！只是這些展示的三寸金蓮，沒有一雙鞋底比我家的小。我總是想：鞋長十五公分，也未免太大了吧，稱得上三寸金蓮嗎？如果是，我家的就是「一寸半」金蓮。

越長大，我越對纏足感到匪夷所思。相傳南唐李後主，曾在宮廷架起六尺金蓮花，令舞姬於上翩舞。小足上綴著珠飾，叮噹叮噹，輕凌金蓮花台，美之極致。此後，眾妃嬪競相爭仿，裹小腳於是流傳開來。

因此有人說，纏足是當時崇尚的一種美學。足小為美。三寸金蓮似乎是褒揚，彷彿女子有了這金蓮，就嬌嗔了起來；而也有人說，纏足呈示了女子的溫讓，不能遠走，守著家。

有次，某個報導大陸風土的電視節目，鏡頭來到陝西寶雞。旁白說，寶雞有八怪，其中一怪就是裹小腳。記者採訪了一座封閉的聚落，昏黃的天色、曬辣椒的老屋、看戲的老人，整個農村盡是失落的調性。有次村裡舉辦小腳比賽，愈能符合「小而健康」的足，就愈能獲勝。後來記者採訪了一位全村公認腳最小的姥姥。

姥姥原先是拒絕攝影的。在勸說之下，終於願意在鏡頭前裸露小腳，同時示範纏足。她拿起一條米色裹腳布，將足部肌肉纏繞上推，腳背隆起，接著穿上特製的布襪，踩著一雙素色絨毛鞋，一跛一跛走出房門。

望著她的足，就尺寸上來說，我沒有太驚訝，畢竟比起我家那只三寸金蓮還是大了些；但那面目模糊的足，卻讓我印象深刻——大姆趾朝外彎折，餘四趾捲向足底。或許因為長年承壓，這四趾像被輾過，夷平化為腳底的一部分。遠觀會覺得這足擠成一團，恍如肉球。

姥姥務農，因此裹腳的標準還比城裡來得寬鬆。五歲左右她便開始裹腳，纏了幾年，痛了幾年，足下的故事反覆著流血與化膿。這期間，由於行走重心落在彎折的趾上，於是動不動就發炎、腫脹、破皮，甚至傷口不癒形成碗狀潰瘍。

我無法想像那樣的折磨。如果是夏季，傷口悶在裹腳布裡，會腐敗而發臭嗎？然而這還不是最激烈的。接著得硬力扳折蹠骨，使足板凹折，將趾骨與跟骨盡可能靠近，讓足部擠壓成一拱狀。

多年以後，我成了一位廿初歲的男孩。一個冬日黃昏，行經阿嬤的房間，看見她正打包舊衣。她叫住我，要我幫忙將鐵櫃內的厚衣，搬往儲藏室的木櫥內。鐵櫃歷經翻攪，樟腦丸滾了一地，幾枚乾瘦的蟑螂蛋掉了出來。過氣笨重的衣物裡，我竟然瞥見三寸金蓮，就塞在兩件毛衣間。怎麼會在這裡？

阿嬤說她不知道。但我猜想，是她藏的，但早已忘了。

她是嗜藏的。這個舉動至今我仍不明白，她習慣將郵票、紙鈔、日記本分散藏著，衣櫃、大衣口袋、枕頭套、床墊下都能藏。而我最訝異的是，她會藏餅乾糖果之類的乾糧。彷彿有場饑荒即將來臨，必須封存食物，像韓國人拿甕醃泡菜一樣，預備度過嚴冬。

我拿起三寸金蓮，重新端詳一番，鞋底彷彿更縮小了。那時我身長一七八公分，腳丫子更大了，球鞋約穿四十四號。我拿來比對，鞋底差不多我的大拇趾寬、長度再長些。天啊！那不就要踮起大拇趾來走路？當然，那不可能，我只能遙想先祖纏足纏得辛苦，舉步維艱，甚至可能無法行路了。

我想起醫學上有個形容步態的用詞叫「toe walking」（以趾走路）。第一次聽見這種說法是在一位復健科醫師的診間。那是一位腦性麻痺的男童，下肢痙攣，無法正常利用足底走路，得拿輔具，在復健師的引導下，用腳趾一步踮一步。

Toe walking除了見於部分腦性麻痺患者，足後的阿基里斯腱短小及一些罕見的肌肉神經病變，亦可能出現。而我們被教導，許多小孩極年幼時可能出現toe walking，但長大後就消失了。原因未明。然而那些未消失、持續的toe walking，必須謹慎評估，因為可能是自閉症的一項表現。

我年幼時也曾toe walking嗎？已不復記憶，但我是會toe walking的，特別是夜深人靜，擔心步伐聲過於巨大，或是進入一個午休的辦公室。也因此，我常常在那樣的時空裡，嚇到一些人。此時，toe walking似乎是一種備戰狀態，深怕被查覺，驚擾四周潛伏的事物。

為了改善痙攣，男童每隔一段時間就到門診，趴下，四肢被制伏，於雙下肢肌肉共注射八劑肉毒桿菌素。其實制伏男童並不難，他力氣薄弱，下肢蒼白，一點搏擊都顯得費力。

注射後，男童又拄起輔具在診間練行，我仔細觀察，似乎不全然toe walking，嚴格來說是

tiptoe walking（以趾尖走路），他的著地點僅有趾尖哪！

「如果一生持續這樣 toe walking，久了會有什麼問題？」我問老師。

「這樣姿勢不良，久了可能會有腰椎前凸的問題。」

Toe walking 如此艱辛，費力地為了一個無解的命運。為了行走，為了美，為了一個荒謬的朝代。而我的先祖，三寸金蓮底下，那揉擠、面目全非的足，步態又是如何？

即使後來，我明白裹小腳的鞋內，不是踮起腳尖這麼簡單的事，每當看到家裡的三寸金蓮，我總是想：這如趾大的鞋底，竟能負載一代女子的生活事，踏得華麗，也踩得傷痛。

如今阿嬤離世已四年多了，看著這雙三寸金蓮，我偶會憶起她藏的本事，或許是時代遺留的蹤跡，抗戰教導她必須懂得囤藏。縱使時代富裕，她仍反覆那小心翼翼、不可思議的藏物舉動。或許這是時代的一種纏足——擔心劫難，憂慮烽火，生活在遷徙動盪之世，彷彿就這樣綳緊神經，踮起腳尖來。

——原載二〇一三年二月《幼獅文藝》七一〇期

卷四

骨盆、會陰與其他

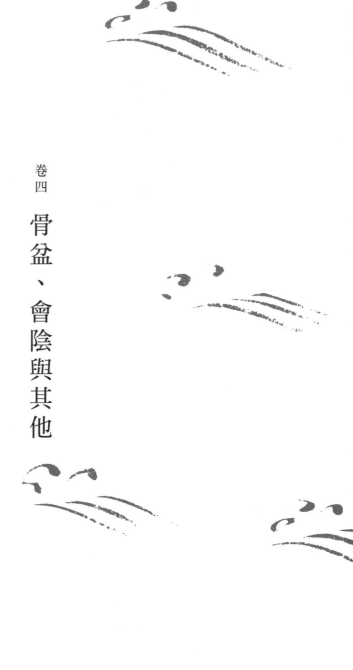

宮巢紀事——誌子宮與卵巢

一、

這裡是產房，胎兒心跳正在監視器上鋸齒狀前進。護理站總有許多蛋糕、油飯，它和醫院其他空間很不一樣，兩條生命（甚至三條）共用一張健保卡、一張床。這裡沒有老衰，沒有崩壞，連痛的形式也很特殊：帶著希望的下腹陣痛。一切就等子宮頸熟成，擴張，生命盛重落地。

然而，產房不全然是等候新生。有些孩子，短短廿週，便在母殿裡躁動不安，於是安胎，延後新生；有些孩子，還不知道生日，就先在母殿裡有了卒日。

現紅，破水，子宮頸全開。

「放鬆，張口呼吸，有便意感是正常的。」

「來，宮縮時用力閉氣，頭快出來了。」

L正在教導產婦如何順利分娩。她聲音亮，在產房常可聽見她的對話。她年約四十，護理系畢業後就從事臨床工作，期間又攻讀碩士，算是精進資深的護理人才。

初見L時，她給人一種老練的印象，嫻熟於每件生產事：摸胎位、按摩產後子宮、內診……面對初產婦與經產婦，各有對應的法則，甚至能從孕婦特徵猜出生男或生女。就連坐月子也能說出一方食譜——生化湯、麻油炒豬肝、生麥芽汁、紅莧菜、薏仁飯、鱸魚湯、清燉花生豬腳。甚至還有素食版。

「體重三千二百五十克，健康女嬰。很像爸爸喔！」L捧出新生兒會客時，會向家屬寒暄幾句。她身上總有濃濃的母者氣味。我常想：L是幾位孩子的媽？她應該是位好媽媽。

在一次值班的空檔，L突然和我聊生涯，說著說著聊到信仰，便約我參加教會小組。她是虔誠基督徒，在一個醫護團契擔任小組長。只是我從未去過。

二、

婦產科一個月的實習，不單只是產房，有時是在超音波室，繞著子宮與卵巢打轉。

子宮前傾，子宮後傾。內膜厚，內膜薄。彷彿鋼筋與磁磚，每座宮殿都有自己的建築技法，蓋在膀胱之後，供女子租賃給不同時期的自己，孕育不同故事。有時，宮殿打烊，T型金屬橫亙於室，那是避孕器；偶爾，宮殿成了雙城記，像台北市與新北市。那是極少數的雙子宮變異，源自胚胎發育異常，使得體內產生兩座子宮，但多數仍能懷孕。曾有文獻紀載，二〇〇六年一位雙子宮英國孕婦，一宮住兩胎，另一宮住一胎，肚裡彷彿有棟分租公寓。

黃體期，濾泡期，膿瘍，畸胎瘤，巧克力囊腫……這是卵巢的各種變妝。比起子宮，卵巢在超音波下辨識度困難些，背後故事也曲折。小小雙巢，是月事的極權政府，呼風喚雨。

超音波室裡追蹤的宮巢，往往帶著或大或小的殘缺。當然，也有完美無瑕的宮巢，那是婚前子宮構造檢查。彷彿是張隱形契約，交易前的最後確認。在不孕的事上，女人好像易處於劣勢，即使是男人的問題。

然而這裡最引人入勝的是產檢，一樁樁泡在尿裡的年華——顱骨徑、小腦、側腦室；眼距、鼻、唇；心臟、胃、膀胱、腎臟；性器、四肢，一個區塊接著一個區塊檢查、度量，孩子就在羊水裡浮沉著，泅泳著。

羊水是一種柔和、不可思議的謎。胎兒吞進羊水，尿了，又成羊水。母宮裡於是有著帶騷味的水循環，這是生命的海洋。

就連胎盤也佈滿許多生命謎題。有的胎盤像發酵起了泡，暗示可能胎兒成長遲滯或終止；有的胎盤厚沉沉，英文稱之bulky placenta，記述著地中海型貧血的可能。

我發現，產檢的孕婦常是帶著等待與喜悅的，也因此，在這環伺的正常裡，螢幕裡那些零星的異常，便更顯得荒涼。

那是一位懷孕十週的女子，超音波下仍不見胎腦。

「這是一個無腦兒。」醫生說。

女子點頭，一人安靜擦拭肚上凝膠，神情淡定，沒有哀傷，沒有吃驚。但當我出了超音波室，看見她在候椅上，哭了。無聲但是劇烈的那種哭——壓抑著哭聲，眼淚卻不停奔流。

又有一次，一位不孕症女子做了試管嬰兒，一次就是三胞胎。然而子宮不堪負荷，醫生說要減胎，讓其中一胎死去。為了生命必須犧牲生命。

針就這樣穿過母親的肚腹，往胎兒的心臟注射高濃度的鉀。心跳漸漸停止。流出。理直氣壯的墮胎。

故事總是安安靜靜，像鐘面，像歲月，也像子宮。

子宮，是人體最具光陰概念的器官，有時序的腳蹤，按著週期，肥漲與崩落。它隱含一種等待。等待生命著落，等待故事藺居，等待心跳。

六週。就是六這個數字，超音波下就能看見胎兒心跳。

「沒看到心跳。不要難過，也許還有機會，再等等看。」醫師對一位懷孕七週卻等不到心跳的人工受孕女子說。

然而有時因為等待，所以失落，子宮就此織錯人生喜悲，是女人的聖殿，亦是女人的地獄。它是情緒化的器官，強韌過，也綿柔過，在質地上有著善變的陳述。

常聽老醫師說，懷孕時子宮最軟，如豆腐，因此內膜刮除術要趁早，不然胎兒骨頭發育，刮除恐造成子宮穿破。但多數時間裡，子宮是綿密與牢靠的，一座堅固的營壘。

那是開刀房裡一次剖腹產後，主治醫師與我，從子宮到體表，一層縫過一層，幾乎是所有外科手術中，縫層數最多的，把宮殿層層包裹。生命的初始居所，豈能偷工減料？

子宮，還有自己的氣候。

「子宮起霧了！」多年操作超音波的醫師，常用此比喻，說明子宮肌腺瘤白濛濛的影像。霧雨子宮，如此美好而詩意的畫面，但事實上，是一場腥風血雨。

她是一位卅三歲女子，因肌腺瘤長期忍受大量經血與經痛，想拿去子宮卻未婚。經過多次確認與說服，她毅然說：「拿掉吧，一了百了，我不婚也不生。」

是什麼事讓她如此果決？有勇氣斷言日後無需子宮。我的直覺是感情。

有時，子宮負載的不是生命，而是對愛情的癖好。那樣的壯烈，那樣的奮不顧身。看著子宮內膜凌亂不堪又沾黏的單身女子，病史追溯下，才知多次藉刮除術墮胎。故事網絡中的男人仍在身邊嗎？或早已失聯？慾望的，罪惡的，衝動的，深愛的，一道道瘡疤刻在子宮，醒在記憶。

三、

終於有天，我去了L的小組。由於聚會地點選擇機場旁一間露天咖啡店，才使我有了興趣參加。這是一個很特殊的外景，可以近距離看飛機起降，巨大分貝劃過天際，震耳欲聾。

「上週抽血絨毛膜指數升高，我以為我懷孕了，但超音波一照，卻發現空卵泡。我很難過，為了懷孕受苦。有時我會告訴自己：算了，就放棄吧！」L說。

整個聚會，我一直仔細聆聽、拼湊她的人生，才知道原來她一直沒有小孩。未曾當過母者。

而實習生終究是過客。離開產房後，我就很少碰見L，偶然輾轉聽見她的消息，就是去做試管嬰兒。

在這之前，她也曾做過試管嬰兒幾次，卻沒一次成功。排卵針把肚腹打得坑坑疤疤，瘀青泥濘。

醫生說她是高齡產婦，就算懷孕，孩子也有高風險先天異常。然而年過四十，總有一天卵巢會衰竭，生育必須趕在停經之前。

有次我在電梯裡聽見兩位護士閒聊，她們正巧聊到L，一位說：「她很優秀，什麼都比人家強，就是生小孩輸人。」

就在幾個月後，L傳出喜訊，她懷孕了。據說這回是藉助一位廿七歲女子的捐卵。她發了e-mail給大家，感謝這些日子來，大家為她禱告。她要舉辦餐會，準備豐盛食物，為這孕事獻上感恩。

那是我第二次出席她的小組。那天，她喜樂溢於面，說著說著，哭了，又笑了。

「寶寶，你出生後，媽媽一定用全心全力來愛你，呵護你。」她摸著肚子，在眾人面前說著。

肚子一天比一天大，L在網誌上貼了近照，關於一位孕婦的起居。她在家裡空出一房，留給肚中孩子的。嬰兒床、圍兜兜、奶嘴、玩具都買了。一張張相片盡是幸福的等待。

然而，就在懷孕十九週時，早期破水，被迫終止懷孕。

房間於是繼續空著，安靜著。

四、

不久，我畢業了，認識一位婦產科女醫師。因為和她有病患照護合作計畫，常常討論到臨床案例。

有次我們討論到一位八十八歲阿嬤，生過十一胎。阿嬤懷老么時，她的大女兒正懷第一胎，母女一同坐月子。阿嬤近來因反覆腎臟發炎就醫。內診發現，子宮、膀胱、直腸四度脫垂，開刀拿去子宮是必要的。

還有一位廿四歲女孩，和男友有了寶寶。男友說要負責，卻在結婚當天像電視劇般搞失蹤，留下懷胎六月的她。孕程走入此，已無法人工流產，只能繼續懷孕。

子宮是禍害，除了生育以外，沒一件好事。女醫師感慨說。

當然這和她的職業有關，畢竟她每天都需面對殘破的子宮。

女醫師接續說了一段故事。一位卅五歲女子，婚後兩年想生育，做了不孕症檢查，意外發現子宮內膜異常增生。由於高風險的癌化可能，醫師建議子宮切除。但她誓死也得保住子宮，寧吃高劑量黃體素，忍受發胖、更年期不適。一年後，內膜癌化了，子宮務必全切除，就連卵巢也得割去。流言於是紛飛，許多人臆測，故事結局將是一張離婚協議書，就連她父親也如此認為。

我似乎明白，女子要保住的不只是子宮與卵巢，而是一段婚姻，一種生命裡的安棲。女子終究是拿去了子宮與卵巢。沒有宮巢的人生，少了週期，少了血雨，卻還是一樣辛苦當著女人。

我突然想起L，不知道她是否如願成為母者？也許，她正摟著紅嬰仔，臉貼臉，微微醺醺正好眠；也許，正挺著大肚，感受胎動的小小暴跳與賭氣；也或許，她仍在排卵針與試管的日子裡，經歷一次又一次的等待，以宮巢結繩，編紀女子人生事。

——本文獲二〇一一年第廿四屆梁實秋文學獎散文創作類行政院文化建設委員會優等獎

熱臀記——誌臀

每天醒來，我和城市第一接觸的部位是臀。

有好幾次，我往通勤電車空位坐下時，突然感到一股熱流，觸感鮮明，不斷往體膚散發著。於是我起身，轉而站立，或另找空位坐下。

在高雄，我常觀察到：即使捷運車內有空位，許多乘客仍選擇站立。而且，禮讓座位的年齡會下拉，許多看來不及六十五歲的長者，就在捷運裡經歷了讓座，意識到老化的事實。這裡的乘客似乎有一套乘坐典則，屬於這城的，既禮貌且客氣，和許多大都市的地鐵很不一樣。

或許再幾站就下車了，人生不因貪圖那一、兩站的距離，於是選擇站立；或許近日臀圍略有增長，與牛仔褲關係緊張，得多站少坐；或許不想與對座的人相看兩不厭，不想和怪叔叔並肩而坐；更或許是這城市的寬疏從容，養成居民不與時空競爭的個性。

我也是一位偶棄座位、選擇站位的乘客。但我不坐，是因為椅上餘留的臀溫。

臀溫，是壓抑在底下的熱情。暗中燃燒，只能意會，不能言說。

臀溫，把座椅弄活了，它賦予了座椅生命力。這不明的能量，總在椅上拼湊著、還原著上位乘客的故事——臀圍、體質、代謝率或脂肪厚度。有時，還夾帶淡淡潮濕、假想的屁味。

臀溫，是通勤常規裡一個突發的空白。我常誤坐燙椅，驚覺自己已在几淨之晨，和人群有了最貼近的體溫交換。這輕盈好動的雜質，常令我感到難安，好像有些不屬於自己的東西，往體內私密地滲透，融為身上一部分。這陌生人遺留的氣流，總讓我決定起身。

那是誰的臀？血氣方剛，按捺不住；這是誰的臀？不慍不火，情感低平；這又是誰的臀？殘喘將熄，復歸冰點。

冷卻的、溫和的、火爆的……我在公車、捷運、電車上，接觸過各式臀溫，想像一朵朵環肥燕瘦的臀。

●

有天，我收到一封疑似色情網站寄來的e-mail，標題寫著：「Wow, beautiful buttocks in Rio de Janeiro !」（里約熱內盧的美臀）。仔細看才知道是小古群組寄信寄來的。

小古和我同齡，華人，生於舊金山，十八歲返台，現在是一間咖啡店店長。認識小古是個偶然，因為曾在報上寫了一篇和左營相關的文章，刊出後被一位女記者讀到。兩年後，她和電視台攝影師，南下拍攝紀錄片，找我按文循線走訪。

攝影結束後，記者選了一間咖啡店對我進行訪談。店長就是小古。小古給我的第一印象是膚色古銅，右臂有太陽神刺青，左耳有紫圓耳飾。喜歡旅行、混酒吧、衝浪。整個人就很墾丁。

那陣子，小古沉迷於單眼相機，索性就和幾位舊金山老友一起到巴西海灘攝影。

對於里約熱內盧，我有太多直覺來自電影《中央車站》。影片中，這座六百多萬人的城市，畫面擁擠、弱肉強食，人的私欲與防範如此強烈。但當小古說他正在市區某間Samba club，一邊聽 live 演唱，一邊寫信，我才醒來，里約熱內盧不全是《中央車站》那樣，反而是很小古的，像他會去旅行的那種城市。

看著小古傳來的相片，每一張都是蠢動的肉體——男男女女，從海灘、街頭、酒吧，甚至貧民窟，肩胛、臂膀、胸膛、乳溝……露著，搖著，扭著，擠著，清一色的古銅肌膚，就連臀部也是。

即使穿起牛仔褲，少了肉體的曝光，也是合身迷人。小古特寫了幾張牛仔褲下的臀，圓潤豐美，盡是誘惑。

似乎有什麼信念在規律著里約。我發現，在 Copacabana 海灘，人人腳底都是一雙 flip flop，女子卸下緊身 T 恤與迷你褲，換上唯一穿著——比基尼。

比基尼，巴西海灘的制服，心照不宣的公約。

彷彿在這裡，女性臀部是不允許被布料遮覆的。整片海灘陷入泳裝的剪裁瘋癲，永遠在線條、布料、與色系上有著未完成的革命，像熱帶雨林的樹鳥，攤開羽翅，追求感官亮麗，深怕被遺漏。

然後，曬臀。

其中有張照片是女子一字排開，穿著鮮亮比基尼，俯臥沙灘日光浴。這些臀部勻稱飽滿，火辣又清涼。

有天，小古在街頭派對認識兩位巴西女孩，她們一邊喝Caipirinhas，一邊大方地討論豐臀手術。翹、彈性、緊實是她們的豐臀要點，這裡技術成熟，強調將肌肉植入臀部，不再以外來物充填，提供更扎實、自然的臀。

如此沉迷於臀姿的城啊！無時無刻都在呼喚人性的欲望。巴西在我的字典裡自然是很臀部的。

我清楚記得那一幕：二〇一〇年世足賽，巴西敗給荷蘭，幾位巴西球迷排成一列，脫褲，對著鏡頭向世界露出屁股，抗議輸球。

盯著這畫面，我不禁要想：為什麼要以露臀來抗議？這背後透露的訊息又是什麼？

或許，臀就是人體的熱度所在。人們在臀上彩繪國旗，以臀當面，一同驕傲，一同悲憤。臀該是熱的，沸揚的，帶著一點衝動與不理智。

所以，巴西人的屁股比較燙嗎？

有時在通勤途中，誤坐殘有餘溫的椅上，我會想起小古的巴西經驗，然後不禁要想：里約熱內盧的電車椅上，存在怎樣的餘溫？

「在通勤里約的火車上，你絕對感受不到臀溫，因為座位早被占滿。」小古曾在店裡和我聊到。

或許，在中南美，最能直接與臀觸碰的場景是飛機。

我想起小古說過的飛行時光，台北飛東京，東京飛紐約，紐約飛里約。美國航空。二十多小時的時光就懸在地球上空，一個窄小的椅位上。

我想像那椅位，吸收數十小時的體溫，能量不斷蓄積，烈火中燒。

但讓小古困擾的卻是快脫臼的手臂。他坐在機上中央靠走道的位置，理當進出方便，卻不斷被路過的臀撞著，擦著，推著。乘客也好，空姐也好。那是與臀零距離的班機。

「你能想像被坐了十小時、剛起身的屁股撞到臉頰的感覺嗎？」小古就這樣被一位最中央座位、體形龐大、整路打鼾的中年男子，在借道往廁所的途中，臉部正撞大臀，眼鏡位置因此歪斜了。

那是世界上最熱最痛的臀，在飛往里約的途中。小古記憶猶新。

●

至今，因為工作關係，我時常往返高雄台南，在電聯車座椅上反覆臀溫的接觸。

有個假日，一位阿嬤大剌剌提著魚菜進入電車，朝某空位走去。她銀灰短鬈髮，金色細耳環，O形腿，樣子看來善於處理家常。

阿嬤嗓音亮，無視車上人群，在坐下時突然大嚷：「燒！」然後起身，眼神盡是疑惑，往附近空位移動。

此後，一直到我下車前，那座椅始終空著，彷彿所有人都接收到這則被阿嬤張揚的椅上臀溫，與它保持距離。

是誰的臀留下的？眾生緘默，無人指認。翹臀的窄裙女子嗎？生產眾多、臀圍寬大的婦人嗎？背黃埔包、臀部結實的軍人嗎？還是那位臀肉乾癟的閱報老人？我不斷回想剛才車上的來去人群，卻想不起來。

列車持續前行，盯著那無辜又局促的空座椅，我彷彿感受到它寂寞的熱情。到底是誰坐過？我努力地回想，臀就在椅上忽明忽滅，忽冷忽熱，像一段曖昧而艱辛的戀情。

——原載二〇一一年四月十三日《自由時報》副刊
本文入選九歌《一〇〇年散文選》

那塊能屈能伸的皮——誌包皮

藝人蕭敬騰在電影《殺手歐陽盆栽》中飾演一位殺手。片中怪醫包彼得是他的謀殺對象，卻有個特殊癖好——蒐藏包皮。包彼得總在外科手術下，「順便」將病患包皮割下據為私藏。蕭敬騰為了佈局謀殺，於是掛號潛入調查，也因此被割了包皮。

仔細思索，影片中的包皮被賦予一種廉價的命途——那麼一塊可有可無的皮，犧牲也無妨，卻能成就一樁謀殺案。

包皮，英文為foreskin，前方之皮。它靈巧、善變，身世如謎，立意曖昧，在烏龜的頭上繁衍話題——可以完全退守至龜頸，亦可以半調子覆在龜首上，甚或全然吞噬龜首，謂曰：包莖（phimosis）。

包皮太輕了，輕到課本都忽略它的質量。它總是淺淺地被記述著，彷彿隨時飄去。它沒有專屬的章節，但偶然出現在試題裡。記得高中生物考試曾有這樣的複選題：下列何者為人體的痕跡器官？不少學生將包皮選入。事實上，包皮和闌尾、智齒不同，它並非痕跡器官。在胚胎發育中，包皮俟性器成形後，才從龜頭後方往前長，將之包覆黏合。因此一般認為，包皮具保護、潤燥等功能。

或許因為功能黯淡，包皮命運模糊，就連醫學院的解剖用書也貧於著墨。記得大二那年解剖課上，老師並無特別提及這塊皮，要到大七，進入小兒外科實習，因製作實證報告，才粗略探索這塊皮。

包皮熱衷自主，因著宗教、習俗、疾病，與身體切割而獨立。如此一塊專職的外科刀戮地，長年來爭議不斷——割包皮到底有無醫學根據？

「你割包皮了嗎？」（好害羞）看完《殺手歐陽盆栽》後，朋友間竟閒聊起來。那是電影的額外省思。

或許因為職業關係，這類問題我偶被問。就連剛考進醫學系，對醫學仍空白，身邊的新手父母就問我：要割包皮嗎？

那是一次令我窘迫的經驗。醫學生時，有次見習健兒門診。由於主治醫師正忙，我將受檢者帶往另一診間備診。那是一對夫妻，他們將男嬰放在診療台上，解衣，打開尿布，隨口問：「要割包皮嗎？」

「再看看吧！年紀大一些，或許頭頭就會露出來，不需挨這刀。」我帶著勸退，向家屬說明立場，但家屬問：「醫生，你有割包皮嗎？我想參考。」

天啊，好裸露的問題！畢竟我極少和人聊包皮，這樣被陌生人詢問，讓我感到有些不舒服。

這使我想起高中唸男校時，有天音樂老師在閒聊中做了調查：割過包皮的舉手？四十五人的班級，共十三人舉手（這事後來被我同學畫成漫畫，刊在雄中青年八十六期）。

是什麼時候，人類開始懂得割包皮？

那是一種儀式，謂之割禮。遙遠的古埃及墓穴就有了割禮壁畫。有學者甚至推測，早在一萬五千年前，割禮便存在。最讓人熟悉的首推猶太人的割禮。這是一種記號，與神的盟約。《創世紀》曾記載，亞伯拉罕的男性子孫，出生後第八天需行割禮。

然而不只猶太人，回教世界、北美、非洲部落都流行割包皮。

有人類學者認為，古老一夫多妻的部落裡，首長以割去同族男性包皮宣告權力。那是包皮的計謀論，一種繁衍的控制慾；也有人指出，一些在無麻醉情況下的割禮，使男孩徹底痛為男人，宣告成年。

撇開宗教習俗因素，美國大概是較以「醫學」為割包皮依據的地方。那些證據有預防性病傳染與泌尿道感染；而東亞地區，除了回教國家外，割包皮風氣較盛的大概是韓國。

我曾接待幾位外國朋友遊台灣。其中一位學了點中文，認得「皮包」兩字，卻認不得淋病、菜花等字，指著巷口泌尿科診所招牌，臉上流露一種「我認得」的喜悅。

這段插曲後來引發一場小小的包皮討論。我發現各民族都有自己的暗語，其中一位朋友說，韓國割包皮盛，男童間常戲稱「抓鯨魚」。原來韓文「포경」同時有包莖、捕鯨之意。我推想，韓族的割包皮概念，或許萌芽於韓戰，受美軍影響。

●

二〇一二年，地球兩端各捲紛爭。一端爭釣魚台，一端則爭一條判決：那是同年五月，德國一對回教夫婦安排其四歲男童割包皮，術後出血不止。在診治過程中，被意外得知男童係因宗教理由行割禮，於是有人向科隆法院控告此事。後來法院認定這對夫婦違法，且侵害孩童人權。

判決一出，引來境內猶太人與回教徒不滿，他們抗議宗教被德國法律迫害。事件越演越烈，從德國蔓延至中東，甚至北美洲也掀起討論。

就這樣，歐亞大陸一端爭釣魚台，一端嚷割包皮。它們都是蕞爾處，背後卻牽繫一整支族系的大尊嚴。

然而割與不割，宗教與醫學，始終無勝負。那終究是包皮，命運總在翻翻覆覆。或許就像它伸縮的本質，隱含一種不屈不撓。它永不退化，永不滅絕，是世代男人的體膚一角；它絕非多餘的存在，致力於龜頭保護、提供皮膚移植之用，以及，不定時的歡笑——

那是前陣子與友餐敘時聽來的：食桌上，大夥夾起脆皮鴨，摻青蔥，沾醬料，香綿餅皮包裹之，人間美味也。然而鴨肉過多，以致餅皮不夠，就在關鍵時刻，一位朋友夾起鴨肉吞進口裡，有人便問：「你沒包皮啊？」

我們大笑，話題轉向割包皮。因為學醫，我又被問了。

「要割包皮嗎？」

且慢。包皮有自己的哲學、幽微的命定——適時的前進與撤退，彷彿正告訴人類：要懂得能屈能伸。

——原載二〇一二年十二月《幼獅文藝》七〇八期

門禁——誌肛

一、

住院醫師第二年，某月輪訓急診，有次來了一位美籍病患，因肛門附近紅腫疑似膿瘍被外院轉介來。

身為急診第一線醫師，我將布簾圍上，請他躺上診療台，方便初步診察。

「為什麼要檢查？請聯絡直腸外科醫師，我要手術。」他用英文說了一段類似這樣的話。

「You can't！」我搖頭，態度堅定。基於急診流程，一線醫師必須先行評估，再視狀況聯繫次專科醫師。如果一線醫師的功用僅是聯繫各次專科，那請工讀生守急診即可。

他臉色凝重，以一種嫌惡的表情，拍拍床單，然後躺上診療台。

脫下褲子後，我看見左臀有片紅腫，界限分明，質地堅硬，微燙。檢查後，我速速在病歷上畫記病灶、簡述病史。

「Dirty！」下床後，他重重拍了衣服，抱怨床單不潔、恐傳染瘟病。然後用不屑的口氣，批評急診的環境髒亂。

在高壓的急診工作，我的情緒很容易因為態度、語氣、字眼這些小事走火。我把他的行徑解讀為一種傲慢，這挑剔、苛責的語境，煽點我小小的反美情緒。

他讓我想起一段不堪的往事：有一年夏天，我家過境一票美國青年。那時我爸退休旅居北美，在那裡輔導學生。暑假到了，學生四處旅行，其中一些人選擇飛往台灣，他們欲往墾丁衝浪，前晚借宿我高雄的家。

他們大抵良好，但有些人會帶他們的朋友一起來，這些朋友讓我困擾。我向來喜歡認識外國朋友，但當他們將我家弄得一團亂，將招待視為理所當然，臨走前一句感謝的話也沒有，我感到絕望。不但如此，外出時冷氣也不關，深夜還至頂樓縱酒喧嘩，作客之道貧乏。而其中有位美國人，態度舉止就像此刻我在急診遇到的。

新仇加舊恨，我告訴自己：不能發怒，不能影響工作心情。壓抑，再壓抑。儘管有這樣的想法，我仍照規矩行事，開立該抽的血、該送的細菌培養、該注射的藥物。

那天下班後，情緒稍稍平復，我沉靜地回想：我會不會因工作一忙，態度冰冷，口氣專制，軍令似地要求他躺床受檢？他會不會感到被羞辱？我發現，問題在於肛門檢查。

二、

肛門檢查，一種讓人起疙瘩的檢查。它有幾種細分，令人焦慮卻又基本的是「指診」——戴上手套，食指塗凡士林，從肛門口伸入，先評估肛門張力（anal tone），再進入直腸，感觸腸壁有無異樣，男性則順道觸碰攝護腺後緣。

我記得學生時代，第一次在課堂上聽聞這項檢查，坐我隔壁的同學突然轉頭說：「好A喔！」我的第一個反應則是：有誰會想做這種檢查？

後來進入臨床，越來越多機會執行指診。台灣四十歲以上公務員體檢，便將指診列為常規項目。我曾替國中朋友和院內主治醫師指診。因為熟識，更形尷尬，得佯裝一切都沒發生。

「方便幫你做個糞口檢查？」我問。有天門診來了一位血便兩週的阿嬤。她猶豫半晌，一種源自體內的傳統與矜持，正與我相抗。

「我看免做，這應該是痔瘡，你開藥膏給我抹就好。」阿嬤要我這麼做。

然而配合症狀：體重驟減六公斤、頭暈加重，我實在擔心有病作怪。

阿嬤終於被說服，蜷起身，側躺在床上。戴上手套，我伸手進去觸診，隨即摸到一處結節樣硬塊，固定的，粗粗的。但那短短幾秒鐘的檢查，我其實很緊張，必須藉著手的「感覺」做出判斷——是息肉？是腫瘤？還是後傾的子宮？坦白說，在這些可能裡，我搖擺不定。

廿秒後，我將手指伸出，手套上沾了些微血跡。我向阿嬤解釋，摸到異樣但無法確定是什麼，得安排腸鏡。

後來她接受了腸鏡檢查，報告顯示為一個二公分大息肉，所幸切片結果為良性管狀腺瘤。

而臨床上，另有一群人會做指診，他們是以頻尿為主訴的老男人。

「阿伯，攝護腺比較大。」我說。

「什麼腺？」

我想了一下，改口說：「前列腺。」但他更困惑了。畢竟，攝護腺在口語上用得比前列腺普遍。我總覺得「攝護腺」聽來很魔幻，尤其當台語發音時，「護腺」音似「雨傘」。

除了指診，還有一種名「肛門反射」（anal reflex）的檢查，主要以鈍物劃過會陰，觀察肛門外括約肌有無收縮。比起指診，這步驟更讓人害羞，說實在，我未曾在診間做過這項檢查。

三、

有時我會有那樣的小惑：肛門的命名從何而來？為何謂之「門」？

英文裡的肛門是anus，源於拉丁文，有環、圓的意思，定義為下消化道的「開口處」。因此嚴格來說，肛門是「平面」的構造；而從肛門到直腸，這段三、四公分左右長的管腔稱之肛管

（anal canal）。一般人習慣將肛管與肛門合一，統稱肛門。

肛「門」這命名聽來比肛「洞」文雅。常在洋片聽見「asshole」（英倫、澳洲則發音為arsehole），中文字幕往往譯為混蛋，那是粗俗的字眼呀！在華文世界裡，肛門又稱屁眼，甚至因外型關係，被喚作小菊花。它遮掩於褲檔深處，在生理上戒嚴，卻在名字上嘻哈。

肛門這塊禁區，往往帶著不潔的色彩。關於它的故事，聽來都有些不正派。但在解剖構造上，肛門卻相當精緻：環繞的內外括約肌、一路變換的表層細胞，以及一條齒狀線（dentate line）——此線呈鋸齒狀，分開直腸與肛管，彷彿邊境拒馬，越過了就是另個不同血系的胚胎故事。

既是門，就有開與關。

門關，我永遠記得那畫面。當時我還是實習生，有回在小兒外科門診，遇見無肛症男童，因術後定期回診來院。男童每天都在演練肛門擴張，器械努力撐開縮去的肛門。傷口裂了，流血了，癒合了，又縮小了。

門也有被拆的時刻。

拆門的劇本常在手術房演著。H是直腸癌病患，因腫瘤極近肛門，手術時便將肛門一併摘除。沒了肛門，就拉出腸在腹壁造了一個口，從此於此排泄，那是他的人工肛門。

四、

不久前，新聞報導一名卅五歲男子將毒品塞入肛門，從墨西哥走私至美國德州，後被緝毒犬嗅見，查出五盎司海洛因。這類肛門運毒的例子其實屢見不鮮。

我不禁思索這男子的運毒邏輯，或許他以肛門為私處，私處被賦予人權，海關碰觸不得。然後大膽以此挾毒。

肛門畢竟是門哪！門給人遁隱，給人遮覆。或許那是「門」所隱喻的——一種隔絕，一種防衛，一種私有域的權伸：這是我家，謝絕參觀。你永遠不知裡頭的世界如何改變了？肛門之事就此深藏，病變的、癖好的、穢臭的、運毒的，終年門禁，家醜不外揚。

——原載二〇一三年一月《幼獅文藝》七〇九期

膚術——誌膚

幾個月前，我飛往山打根（Sandakan）度假，因為參加當地旅行社的local tour，在遊覽車上認識幾位港澳朋友。

山打根位於婆羅洲北方，是馬來西亞沙巴州的一座城。這地名源自蘇祿語，有「典當之地」的意思。然而是誰把這地典當了？眾說紛紜，使得山打根有種迷離的色彩。

第一次到山打根，讓我恍惚置身香港郊區。市區街道格局有那麼一點港味，而錯身的華人，口中吞吐的多是粵語。這城迷你，隨時就越了城界，一片荒蠻浮在身旁，不遠處的雨林或海域，甚至有人猿、海龜出沒。

假期倒數第二天午後，我一人漫步市區街道，不時拿出相機，拍屋樓、招牌、小販、或廣告，就在某個轉角，突然聽見：「Welcome to Sandakan. Welcome to Malaysia.」

我轉頭看，一位年約廿多歲的男子正坐在樓梯口對我微笑。他膚色不像馬來人黃，也不至於印度人黑，介在兩者之間稍偏黑。

我會心一笑，在山打根遇到這樣友善、開朗的人並不算少見。

「Where are you from? Korea?」男子問。

我沒回答，但心想：怪了，這麼多國家，為何猜韓國？

「Japan?」他又問。

然後我直視前方，過馬路了（他一定覺得日韓民族很冷淡），邊走邊想：怎麼老猜東北亞？這有兩種可能，一是腔調。日韓英文腔調較重，這不是我單人的感覺，曾在新加坡和一位飯店服務生聊過，她接待過許多亞洲人，覺得與日韓旅客進行英文溝通最困難，其次是台灣、大陸，香港則非常容易；二是膚色。日韓膚色偏白，中港台稍轉黃。因為我未與那男子交談，猜想他的國籍線索是膚色。

我天生就是台灣話的「白肉底」，曬得紅，卻曬不黑。不僅如此，我的虹膜、髮梢顏色都比人略淡，聽外公說，有一部分來自先祖淡淡的荷蘭血統，當然也有一部分是室內活動多過室外活動。

有人羨慕我的膚色，但我其實是渴望古銅肌膚的，那看來才健康。以前在相館拍照，總和老闆說：「膚色幫我調深一點、髮色黑一些。」甚至有段時間，我刻意不防曬。那大約是十九、廿歲的年紀，我頂著烈日，從高雄騎車到墾丁，將T恤袖口捲至肩，裸露上臂。後來嚴重曬傷，但幾星期後，皮屑脫落，新膚長成，朋友看著我的臉，笑說：「初熟的蘋果。」

後來，因為聽聞紫外線與皮膚癌的種種，我漸漸放棄膚色的追求。

當白膚發生在一個男孩身上，常被解讀為虛、弱、宅，但它帶給我的困擾不是這些，而是讓某些內況更清楚地外露出來。

比方，緊張。

一旦焦慮、羞怯、心虛、織謊……總總的不安逾了界，我的膚色就開始脹紅發燙，昭示於臉上，藏也藏不住。

另一種情況是冬日不通風的教室。當同學因為畏寒將門窗緊閉，我在高濃度的二氧化碳下，膚色也會發紅。

除了這些，一些皮膚疾病在我身上長得特別鮮美。

比方，蕁麻疹。

我的蕁麻疹易長在頸項。常常午覺醒來，頸上就浮出紅斑，既癢又分明。而且疹子會移位，今日左邊，明日前方，後天甚至下探胸前。

「你偷種草莓喔！」

我常為此解釋。事實上年幼時，小朋友用指甲劃過我的手背，就會浮現一條紅腫的痕紋，我天真地以為皮膚會變魔術。後來才知道，這叫蕁麻疹，據說是當初因為接觸蕁麻科植物，身上出現疹塊而得名。它有部分是過敏引起，比方海鮮、花粉、塵蟎；有部分則不是，比方外力壓劃。然而不管過敏或非過敏，彷彿都有一件事與我對峙。或許就像人生，總有一些不順眼的人，結點仇怨。無法剔除的雜質。

「那是體質的關係呀！你皮膚太敏感了，不要去抓它。」從小，我就聽慣醫生這樣的叮嚀。體質！體質！向來都是這答案，好像我的皮膚愛憎分明、喜怒無常，註定要鬧情緒。

有時我不免喟嘆：輕薄之膚，竟也如此巨重地支配著我。事實上，皮膚是人體最大的「器官」。如果包含皮下脂肪，皮膚重量約佔成人總重的百分之十五至二十；每一平方公分的皮膚就有六百萬個細胞、一百個汗腺、十五個皮脂腺；而每天全身上下約有二、三十億的皮膚細胞在脫落。

皮膚儼然是支大軍，在生理上扮演保護、調節、知覺等功用。特別是杜絕病菌、防止水份散失等保護功能，因此醫學文獻常以「skin barrier」（皮膚屏障）這字眼形容皮膚。

至於皮膚疾病更是繁瑣，我想起醫學生時代背過的那些拉丁文，詰屈聱牙，琳瑯滿目，常常記的趕不上忘的。

有時我會有這樣的疑問：這架構在白人體質上的皮膚病學，敘述也適用於黑人嗎？黑人的皮膚病外觀表現也一樣嗎？他們的蕁麻疹也是紅的嗎？他們有所謂的「臉紅」嗎？

多年以後，終於有人給了我答案。

他是索赫尼先生，來自非洲一個叫蘇丹的國家，但移居美國加州已多年。

索赫尼來台旅遊，順道探訪姪子。他膚色極黑，頭髮很短很捲，像精心燙過般。這次來門診的主述是左腳腫痛已兩天，今天開始發燒。

腳腫的診斷對一位臨床醫師而言，有沒有發紅很重要。但我伸頭一探，是均勻的黑，外觀上頂多腫了些，有沒有紅其實不易察覺。我隨即伸手觸診，只確定左腳是發燙的。後來抽血發炎指數升高，我終究還是將那些可能發紅的疾病列為診斷考慮，安排接下來的處置。

●

那個午後，我在山打根市區踅了幾回。歸返旅社途中，就在一間紀念品店前，巧遇日前同我參加 local tour 的港澳朋友。他們正和一位膚色黑的男子交談。

我趨前向他們 say hello，那膚黑男子突然轉頭，頓了一下，向我打招呼。

我才發現，原來是方才在轉角遇到的男子。他叫 Tony，家住山打根，喜歡自助旅行浪跡各地，睡背包客旅館，與外國人一起喝酒、探險、瘋狂。

Tony 有那麼一點四海之內皆兄弟的況味，稍早前他才剛和這些港澳朋友提到，今晚想帶大家到一間很特別的酒館小酌。

「要一起來嗎？」一位香港朋友問我。

我猶豫了一下，總覺得有地方怪怪的。為什麼要在路上找觀光客去酒館？酒安全嗎？我想到的是醉酒後可能的洗劫。

「謝謝，我明天的飛機，今晚還是早點回飯店整理行李。」我回絕。

但港澳朋友極力邀我去。我告訴他們我的顧慮，其中一位認為：那種事只會發生在單身女子身上，我們四人，二男二女，他能怎樣？

我仔細觀察Tony，坦白說，還算誠懇，談吐間就是那種想和你交朋友的模樣。若是說謊，眼神、語調、甚至膚色也會有些微變化吧？我說服自己。

後來我們進了酒館，原先有人提議坐吧檯，但Tony說這兒不好，走到底右轉有間包廂，可以自在地聊。

整個過程我還是對Tony充滿防禦，並藉口起酒疹而婉拒飲酒，改喝罐裝氣泡飲料。同時，我不上廁所，看緊所有人的背包，以及桌上的酒杯。

Tony 聊了許多山打根的事。不過他的口音我常抓不到，許多音發出來像英語又像馬來語，故事細節聽得很模糊。

不久 Tony 表明要招待大家。我們說不用了，各付各的就好。但他仍堅持要請客，並說將來去香港台灣，再換我們招待。說完拿了帳單便出去。

然而，這一去就沒回來了。十多分鐘過後，我們開始找 Tony。問了吧檯服務生，才發現他根本沒去結帳，帳單上還多了許多昂貴的酒。

我們陷入一片錯愕，向服務生解釋根本沒點這些酒。服務生則說是剛才一位先生點走外帶的。

我們和服務生爭執許久，然而酒已飲，身在異地，帳單如此，四人均分就算了。

隔天，我在返台的班機上，不斷想著這事：Tony 一人能徒手帶走這麼多酒嗎？有沒有可能其實是與服務生串通好了？

我越想越懊悔，腦中不斷播轉著昨日 Tony 說話的神情，如此自在平靜。要是換作我，鐵定心虛得全身發紅。

我突然想起書上的 skin barrier，或許對這位自稱 Tony 的人而言，膚色也是一種 barrier，把說謊該有的赧紅都遮飾；但也或許與膚色無關，單純是那善謊而無畏的本質。

——原載二〇一三年三月《幼獅文藝》七一一期

骨籠——誌骨

我的解剖學開始於撿骨。

這並非火葬後的撿骨入罈，而是大二那年，我們十多人為一組，從實驗室領回人骨，按著頭部、脊椎、胸部、骨盆、四肢等部位揀拾分裝，彼此輪流帶回研究、背記，幾天後再交換，傳閱一輪後，迎接考試。

我撿著這些骨，感覺並非同一人的。脛骨粗獷，鎖骨卻秀氣，有男有女，是眾魂飄散後的人間遺留。我心想：這些是誰的骨？居無定所，慷慨地在世代醫學生中安靜漂流下去。

原先我以為人骨考試，頂多就二百零六塊骨硬記下來，有何難事？後來才發現，事情不是這樣的。不只骨名，其上的壓跡、孔洞、隆起都是考題。

就以肋骨來說，考試絕對不是考你這根骨叫肋骨，而是其上精細的佈局。從第一肋到第十二肋，從非典型到典型再到非典型，各有文章。比方第一肋，除了形狀最短最寬最彎，其上還有兩溝槽，貼過鎖骨下動靜脈；而每一根肋骨還可分肋頭、肋頸、肋身，彷彿也要有頭有臉，來張身分證。

骨有長有短，有扁有厚，可轉不可轉。它能架起身子，亦能造血、蓋護、傳聲。其中有一類型的骨讓我著迷，那是「種子骨」（sesamoid bone）。

當我第一次聽見種子骨，起先以為這骨會發芽，隨時日長大，結果當然不是。「種子」的義涵是「埋藏」，這些骨像種子般埋藏於肌腱內，利用槓桿原理，增加肌肉收縮時的力臂，以提升效能，比方膝蓋的髕骨（patella）、手腕的豆狀骨（pisiform bone）。

眾骨之中，我以為最難的是頭骨。它的難不是組成的額骨顴骨頜骨顳骨篩骨等，而是其上紛飛的洞口、裂痕、隱窩、凹凸，奇形怪狀，稜稜角角。什麼淚腺孔（lacrimal foramen）、蝶骨小翼（lesser wing of sphenoid bone）、莖突（styloid process）、枕骨大孔（foramen magnum）……大孔小孔，鑽東鑽西，玄機遍藏。而人體最小的骨塊「三小聽骨」就落在此區；至於考試是艱辛的，老師會在某洞口綁條線，問我們那是什麼洞？

因此，相對於頭骨的繁瑣，我自然喜歡股骨（femur）這類大器的骨頭，它支撐大腿，其上結構清楚、分明，是人體最大的骨塊。我猶記得捧著股骨，那沉甸甸的質量，心想：這人生前鐵定陽光、愛運動。

那時，實驗室角落有具人骨標本，經由重組黏拼，立在一座透明箱中。初次見到這人骨，視覺最劇烈的感受不是深陷空洞的眼眶，而是胸肋骨，一根挨一根，圍起了胸腔，像極一具鳥籠。但我自稱它為骨籠。籠中曾收縛人體菁華，心跳肺呼，終年熱鬧。如今肉身已凋，臟腑已亡，籠裡空蕩蕩。

有次輪值日生，課後同學散去，那天因為又講了一通很久的電話，最後一人在偌大的實驗室裡收背包。無意間，我瞥見那具人骨標本，枯瘦的四肢骨把骨籠襯得壯大。它們冷冷的、悶悶的，暗伏在角落，不免讓人有些發悚。

人骨持續在組員間傳著。有次，頭骨輪到我了，我得在一週內看清也背熟其上結構，隔週又得傳給另個同學。

那時我在小港兼數學家教，讀書時間碎裂，索性把頭骨裝進紙袋，拎去家教，趁學生演算時拿出來複習。

「老師，那是什麼？」學生疑惑。

「頭骨。」

「人的嗎？」

「是。」

「真人？」

「嗯……模型。」因為預期會有失控的尖叫，於是撒個小謊。

那天家教結束後，搭公車返家，因為遇上一場交通事故，車子塞在中山路。無聊之餘，我拿出頭骨來複習，後座突然尖叫，整車的人瞬時瞥頭過來。我全身脹紅，趕緊收好頭骨，眼神轉向窗外。

幾分鐘後，公車復歸平靜，後座的人好奇問我那頭骨。她們是兩位穿熱褲的女孩，來自板橋，剛從墾丁回來，準備搭機返松山。由於距離班機起飛時間仍長，她們搭上公車，想去高雄車站附近逛逛。聊了一會，她們竟向我借頭骨，邊端詳卻又邊說可怕，樂此不疲。

那段日子，書讀累了，索性就把人骨抱來床上，一字排開，然後像隻蛾鑽進被窩之繭，對照解剖書，背著寫著默念著，不久就在床上睡著了。

想來不可思議，有時還真的是擁骷髏入睡。但這樣不敬的惡習，很快結出了惡果。

「第三頸椎不見了！」

交換人骨的時間已到，我盤點脊椎骨，搜遍房間，卻找不著。

「抱歉，C３（第三頸椎）臨時找不到。找到後馬上給你。」我向同學解釋，他點頭諒解。然而考試後，人骨終究要歸還，助理會清點。此時，我腦中盤據的是：要怎麼賠？哪裡可以買到人骨？總不可能去盜墓吧！

我不甘心，重新地毯式搜索，卻仍無所獲。

不久，人骨考試結束，解剖學正式進入「肉」的領域。我或能理解這樣的課程安排，骨在肉之前，係因骨撐起了肉，人生鋼樑也。

除了人骨，其實國內大多數醫學生也經歷過「蛙骨」淬鍊。我們將蛙煮熟，剝皮剔肉，留存骨。接著一骨按一骨，貼黏拼疊，繳上成品，獲取成績。

這作業涉及個人美工底蘊。要保留弧線，拼出蛙型，得費心費時一番。那時我拼出的蛙，還特意做了劈腿造型，但這不夠看，同組女同學bubu的蛙骨令人驚豔，是一隻跳鋼管舞的蛙。

爾後進入臨床，與骨邂逅的場合，首推當然是骨科，而復健、疼痛、風濕免疫科也不少。我在診間聽著那些醫病對話，發現以前記的骨名，即使譯作中文，髂骨坐骨恥骨髖骨，病患常常搞不清也無意搞清。

那時，閩南話出現了它的美好：傳神、活潑又親民。

比方：飯匙骨。指的是肩胛骨，位於人體上背，左右兩塊，呈扁平、心凹、倒三角形，因為狀如飯勺而得名。

又比如：龍骨。指的正是脊椎，從頸相疊而下，貫胸穿腹，直驅尾椎。一塊塊，一節節，弧形前傾又後彎，果真如條龍。

有回，我在復健科受訓，門診來了一位僵直性脊椎炎（ankylosing spondylitis）的女子。這是一種慢性關節發炎的疾病，嚴重時，脊椎骨會彼此融合，彷如竹節。由於此病好發於男性，因此她顯得相當例外。

女子每次就診，都會講些症狀。她形容頸部被黏住了，幾乎不能俯、仰、轉頭；她也無法抬頭拉牆壁電扇，只能伸手扯線，拉往未知的強中弱；而開車則非常危險，只能略瞄外前方來去車輛，若要觀四方，整個身子需起身、轉向、傾斜。

我記得非常清楚，有次時近中秋，我們問她打算去哪賞月？

她笑說：「我哪都不去。我已經無法抬頭看月亮很久了。」

她總是僵硬地來，僵硬地去，好像有透明的壓克力板將她封住、套住，生活在一只瓶內。

我常想：她會不會感到，身上這骨子根本不是什麼鋼樑，而是個籠——只有限制，只有範圍。

但即使在常人，許多時候骨是在傳遞一個「限制」的隱喻：頭只能轉至此、腰只能彎到此、身高就這麼高了、動作就這麼大了；手掌就這樣了，籃球抓不起，鋼琴音階跨不到；膝關節退化了，不能再遠走，輕盈上下坡……

有時，我不免羨慕劈腿者（指體操上非情事上的），在地板筆直地展露體態極致；有時我也驚訝，那能將自身摺疊塞入箱中的軟骨功者。然而即使他們挑戰了某些關節箝制，終究仍有極限。就像當年實驗室人骨標本上，那圍如鳥籠的胸肋骨。肺容量頂多就這麼大了，一輩子的氣息交換都限在此，無法貪多。如同生命。

於是骨挺起人生，支配動作，功能看似內在的扶撐，實則外在的畫限。這原是人體之架，亦是人體之籠。

後記：後來某個夜晚，我躺在枕頭上感覺刺痛，原以為是枕套拉鍊，伸手撥弄，赫然發現枕套內正是遺失的第三頸椎。

——原載二〇一三年五月《幼獅文藝》七一三期

體膚小事外的小事（後記）

二〇一三年初春，全台籠罩著水荒的預感。清明前後，雨水來了，有些狂暴，打亂我的計畫。也好，我靜在桌前，更專注地寫著。

人曰雨後春筍，我則說雨後春魔芋。那是高雄柴山的特有植物，共兩種：台灣魔芋與密毛魔芋。四月雨後，台灣魔芋會先攢出地土，花身低矮，約莫卅公分高；接力似地，五月梅雨過境，密毛魔芋開始集中破土，拚命地長高、開花。這花，型殊色豔，赭紅花托挺出一毛茸茸蕊柱，莖幹具白色斑紋，全長約百餘公分高，像把長鎗。據說，一天甚能長高廿公分。

二〇〇九年，我出版了第一本散文集《游牧醫師》，距今已四年多了。那時，曾想過接下來進行一系列的體膚書寫，但寫了兩三篇，便被許多事縛住。之後兩年，我在工作與值班下，趁瑣碎的週末，斷斷續續、微量地寫著，甚至一度打住。

二〇一一年夏，有天《幼獅文藝》主編吳鈞堯先生，邀我寫專欄，終於有了驅策力，開始穩定地寫著。這段時間，除了固定月專欄，我也偶接稿約、提計畫案、簽契約書，但往往先擱著，一有連假，思緒不中斷，才密集地寫著。

元旦、春節、二二八、清明連假……這些都是我的寫作陣雨，我得趕緊讓思緒發酵，文字抽芽，伸長，蓓蕾，結實為篇。

《體膚小事》共分四卷，依頭頸、胸腹、四肢、骨盆等部位分輯。寫著寫著，才驚覺「有限」人體，在微觀下卻如此「無限」。而即使只是一個細胞，裡頭還蘊藏細胞核、粒線體、內質網等豐富胞器。人體過於精細，其所交織的事更是繁複。這身體髮膚，各有各的履歷，各有各的隱喻，各有各的癖好，把人生拼裝得精彩、曲折。生活就是許多體膚小事與小慾所織成——眼觀、耳聞、舌嚐、膚觸……但這些不夠，我們還以更多肉身與塵世交互作用。

於是，髮、臉、肩、腰、臀、趾、肚臍、子宮、包皮……我慢慢地想著、感受著，快快地記下、寫下，然後再慢慢地讀著、修著，就這樣逾四年，終於孵出卅二篇、八萬餘字的體膚誌。寫生活上的，寫解剖學上的，也寫臨床上的。

《體膚小事》全書皆在住院醫師時期寫成，夾敘著不少診間故事。算是整合醫學生、實習醫師、住院醫師、總醫師等階段，在我升任主治醫師前的一本書。

我想起大三修過的胚胎學。精卵結合後，分裂，再分裂，三、四天後，形成桑椹胚，約在第七天，以囊胚著床於子宮內膜。此後各胚層迅速發育，第三至八週，開始組織器官分化；接著第九到卅八週，各器官漸漸發育，終於呱呱墜地。

每當複習到這段生命史，總對那數字感到詫異：三週。短短三週，人體便從單薄的細胞有了初出的組織器官分化。

那是人生的胚胎，寫作的胚胎。體膚小事於焉展開。

二〇一三年五月下旬，梅雨過後，我再訪柴山，一株二二〇公分的粗大魔芋立在往小坪頂的木棧道邊，但山友說，這不是今年最高的。最高的已在五月上旬開過了，高二七四公分。

立在悶熱的芒種時節，我想著五月滯留的鋒面，梅雨給了魔芋按時、穩定、大規模的生長動力，這才明白，當年吳鈞堯主編的一封邀請信，竟是這系列寫作的梅雨。

此時此際，鳴謝是必要的。謝謝一路給我滋潤的家人、朋友、師長；謝謝九歌出版社陳素芳總編輯。我從大四認識她到現在，電話中陳姐的嗓音總是亮的、溫暖的，有著出版人的熱度，給我包容與寬恕；謝謝九歌編輯欣純，細心處理書冊的每件事；謝謝高雄市政府文化局對寫作者的關愛與贊助；謝謝子欽費心的書封設計與聆聽；更謝謝諸位文壇前輩朋友們的致序、短語與鼓勵，我會銘記且珍惜；也特別鳴謝二位職場上的夥伴：一是楊宜青主任，科部業務繁忙之餘，仍撥出時間替我寫序；二是妮民，與我分享書寫與閱讀的大小事（含八卦）。最後，謝謝閱讀中的你。閱讀還是需要有知音。《體膚小事》終於能成冊，在文字裡展枝吐葉。

黃信恩　於二〇一三年六月

文学金南方

九　歌　文　庫　1　3　2　7

體膚小事

國家圖書館出版品預行編目（CIP）資料

體膚小事 / 黃信恩著 . -- 增訂新版 .
-- 臺北市 : 九歌 , 2020.04
面；　公分 . -- (九歌文庫 ; 1327)
ISBN 978-986-450-284-4(平裝)
863.55　　109002726

著　　者——黃信恩
責任編輯——鍾欣純
創 辦 人——蔡文甫
發 行 人——蔡澤玉
出　　版——九歌出版社有限公司
台北市 105 八德路 3 段 12 巷 57 弄 40 號
電話／02-25776564・傳真／02-25789205
郵政劃撥／0112295-1

九歌文學網　www.chiuko.com.tw

印　　刷——晨捷印製股份有限公司
法律顧問——龍躍天律師 ・ 蕭雄淋律師 ・ 董安丹律師
初　　版——2013 年 6 月
增訂新版——2020 年 4 月
新版 2 印——2022 年 8 月
定　　價——340 元
書　　號——F1327
I S B N——978-986-450-284-4

本書榮獲高雄市政府文化局贊助
Bureau of Cultural Affairs Kaohsiung City Government